C'ÉTAIT UN LARRON !

Robert Masson

C'ÉTAIT UN LARRON !

Du banditisme à la Trappe
Frère Grégoire

Parole et Silence

ISBN 2-84573-209-0

Je sais, moi, que mon Libérateur est vivant,
et qu'à la fin, il se dressera de la poussière des morts ;
avec mon corps, je me tiendrai debout,
et de mes yeux de chair je verrai Dieu.

Livre de Job 19, 25-26

Au Père Jean de la Croix qui sut accueillir en son temps Jean Bernier, le sortant de prison, dont la grâce de Dieu allait faire frère Grégoire.

Au Père Jean-Marie, Père Abbé de Sainte Marie-du-Désert, témoin attentif d'un long parcours de fidélité.

À Isabelle qui sut se faire écoute et mémoire des actes de Dieu dans la vie de Grégoire.

Au frère Robert qui fut présence de tout instant aux heures ultimes.

À tous les Frères de Sainte Marie du Désert, compagnons de Frère Grégoire.

Préface

De la prison à la Trappe

Il est des parcours d'existences qui nous donnent de lire l'Évangile à livre ouvert. C'était le cas d'un homme qui ne cherchait pas à faire parler de lui. Il avait mieux à faire, et d'abord à rendre compte de ce que Dieu avait fait pour lui, et de lui. Son regard était impressionnant. Il le fut encore plus quand se dérobait ce qui lui restait de vie. Il y avait en lui quelque chose de l'enfance retrouvée dont le Christ nous dit qu'elle est condition obligée pour entrer dans le Royaume (cf. Lc 18, 16).

Frère Grégoire se nommait ce moine que j'ai eu la grâce de connaître très peu de temps avant sa mort. Mais j'avais de longue date entendu parler de lui et de son destin d'exception. Le poids des ans et des maux qu'il entraîne avait courbé sa haute silhouette quand je l'ai rencontré. Mais il n'avait rien perdu d'une intensité intérieure qui était au secret de son être. Il ne se distinguait en rien de ses Frères moines dont il partageait les travaux et les Heures depuis quarante ans passés. Dans la louange, hors de quoi on ne peut rien comprendre de ce qui se passe dans un lieu comme une Trappe, des vies se consument pour Dieu et pour les hommes du même mouvement.

L'étonnant avec Grégoire, c'était son parcours antérieur, celui qui ne laissait guère prévoir un aboutissement monastique. Ce moine, en effet, avait été, pour commencer, un mauvais sujet dans le premier temps de son existence. Il lui avait coûté quinze années de prison, rançon d'un comportement qui le classait dans la catégorie des individus dangereux. C'étaient ses années avec le diable, comme il dira par la suite quand ses yeux s'ouvriront à Dieu. Lui qui prétendait ne rien regretter réalisera alors l'étendue de ses égarements. Quelqu'un l'attendait, à vrai dire, lui qui ne s'y attendait guère. C'en est assez pour comprendre ce qui l'avait mis sur le chemin de la Trappe. Ce passé-là m'avait valu de correspondre avec frère Grégoire quand l'opinion étonnée découvrit les problèmes de la prison où grondaient des bruits de révolte. On était dans les années 1980, et Grégoire qui n'avait pas oublié ses frères de peine, se faisait leur avocat auprès de toutes les instances susceptibles de comprendre et d'agir. Parmi celles-là, il y avait les journaux et les pouvoirs en place, le ministère de la justice, pour commencer. Nous avions alors correspondu, mais ce n'était pas assez pour connaître cet homme qui, selon sa propre expression, ne s'était pas fait moine pour expier mais pour aimer. Dans l'effacement qu'il avait choisi en entrant dans une abbaye cistercienne, Grégoire ne passait pas inaperçu. Il y avait de la joie en cet homme, elle était contagieuse, ou plus exactement rayonnante.

L'abbaye de Sainte Marie-du-Désert, qui fut l'endroit de son élection, est dans les proximités de Toulouse. C'est une Trappe comme on disait autrefois d'un terme qui bruissait de renoncement et pas suffisamment peut-être de consentement. Tel était pourtant bien le mobile de Grégoire quand il était venu à

Sainte-Marie, sur recommandation de détenus qui lui avaient parlé des capacités d'accueil des moines de l'endroit. Un destin comme celui de Grégoire n'est intelligible que dans la foi. Il exige un entendement qui passe tous nos possibles, et permet comme l'annonce l'Évangile de soulever des montagnes (cf. Mt 21, 21). Il y en avait beaucoup à soulever chez quelqu'un comme Grégoire. Mais le résultat fut à la mesure. Ce n'était pas pour peu dans la grâce de ce frère Grégoire. Pareil itinéraire n'allait pas sans surprendre, il fut jalonné de combats, et de la tentation à plusieurs reprises de tout laisser tomber, en souvenir des félicités d'antan. Grégoire, au surplus, avait de la personnalité qui ne manquait pas de s'affirmer. Le vieil homme n'en avait pas moins fait place à quelqu'un de tout autre. Ce fut encore plus évident au grand soir de sa vie, comme en témoigne en ces pages frère Robert, son infirmier, qui l'a assisté dans sa longue montée vers l'ultime.

Autant qu'il le put, et même un peu plus, Grégoire fut assidu à la prière des Heures, et les plus matinales. Il lui en coûtait de se lever plus tôt que quiconque, car il lui fallait plus de temps pour se préparer. Ce n'est qu'à l'extrême, et sur ordre de son Père Abbé, qu'il dut y renoncer. Frère Robert, son accompagnateur de tout instant, tient pour une grâce sans nom d'avoir eu à veiller sur les derniers moments de frère Grégoire, quand vint pour lui l'heure de la très sainte agonie, dont Bernanos a parlé comme personne.

On ne pouvait être que saisi par le cours d'une existence comme celle-là. La prière en est de bout en bout le répondant. Dès lors qu'il est à Sainte-Marie, Grégoire se risque à demander ingénument : « Et moi, est-ce que je ne pourrais pas devenir moine ? ». Il l'est devenu, mais sans perdre ce sentiment d'humilité à quoi renvoyait le souvenir de ses premières et interminables années. Son comportement ne devait rien à celui du pharisien; publicain se savait frère Grégoire (cf. Lc 18, 9-14). Aimé de Dieu, il en avait fait suffisamment l'expérience. Ce moine, c'est somme toute un “fol en Christ” qui n'avait d'autre Nom à confesser que celui de son Seigneur. Son saint patron, pour finir, était ce saint sans nom qui du haut d'une croix se risqua à dire : « Souviens-toi de moi quand tu seras dans ton paradis » (cf. Lc 23, 42). Celui-là, il a devancé tous les autres. Et c'était un larron !

En guise de prologue

Tout commence par une rencontre sur le quai d'une petite gare de campagne, comme il y en avait encore quand les trains ne se prenaient pas tous pour des TGV. Un homme en attend un autre qu'il est d'ailleurs venu chercher à sa demande. Il n'est pas évident qu'ils auront des choses à faire ensemble. Leur parcours d'existence est on ne peut plus différent pour ne pas dire divergent. L'un est Père Abbé d'une abbaye cistercienne, une trappe, disait-on à l'époque. Il se nomme Dom Jean de la Croix. On le retrouvera un jour à Tibhirine, ce lieu signe pour les temps. L'autre s'appelle Jean Bernier pour l'état civil, mais il a déjà un surnom, comme souvent dans ce qu'on dénomme le "milieu", un terme qui ne désigne pas les bonnes fréquentations. Là, on le connaît sous l'appellation de "grand Jacques". Bientôt, il va hériter d'un troisième nom qui n'aura rien à voir, sauf avec ce Grand Livre des Cieux, dont il nous est dit qu'il est notre vrai registre d'éternité.

Pour l'heure, il arrive tout droit de l'Île de Ré, un endroit qui n'est pas de tout repos pour tout le monde, surtout pas pour les prisonniers qui y purgent leur peine. Jean Bernier est de ceux-là. Depuis huit ans déjà, il y était emprisonné, après bien d'autres incarcérations en tant d'endroits pénitenciers qu'on peine à les énumérer. De son propre aveu, Jean Bernier émerge d'un "passé avec le diable", qui a duré au total plus de quinze ans. C'est un bagnard en un mot, qu'un homme de Dieu attend sur le quai d'une gare où il débarque comme à un terminus qui va devenir un point de départ. Mais nul alors ne le sait. L'homme de Dieu, peut-être, en pressent plus. Il écrit bien des années après qu'il garde de ce moment-là un grand souvenir. C'est un jour de mai 1957 que tout se passe. Tout ce que Dom Jean de la Croix sait du passé de cet hôte n'incitait guère à l'optimisme à son endroit. Ce qu'il a fait jusqu'alors le classe dans la catégorie des "individus dangereux". Il n'a certes jamais tué, mais il a fait à peu près tout le reste : voler à tour de bras, et comble de l'infamie, il a mis des femmes sur le trottoir par amour de l'argent, et un peu, prétendait-il, par affection pour elles. Il avait partie liée avec l'argent, il le voulait facile. Le "grand Jacques" n'était décidément pas quelqu'un de fréquentable.

Pourtant, il avait sollicité un droit d'accueil chez les moines de Sainte-Marie du Désert, un endroit à l'exact opposé de son passé. Ce qu'il attendait de ces moines était plutôt limité : une adresse et un gîte, le temps de trouver à Toulouse, qui n'est pas très éloigné de Sainte-Marie du Désert, un travail. Dans ses années perdues, il avait séjourné dans cette ville de Toulouse. Quand il descend du train, ce jour de mai 1957, on l'aurait sans doute beaucoup étonné si on lui avait dit qu'il atteignait sa dernière étape sur la terre, pour entrer, et pas en passant, dans une abbaye cistercienne, ce lieu où des hommes apprennent dans le silence à tenir parole, selon une belle définition qu'on peut lire à l'entrée de Cîteaux, cet endroit-source pour l'Ordre cistercien. Jean de la Croix, ce Père Abbé de toutes les audaces, s'étonne après coup lui-même de la confiance dont il se montre capable en la circonstance, comme en celles qui vont suivre. La jeunesse – il fut Père Abbé à moins de trente ans – peut l'expliquer. C'est l'âge qui nous rend défiant et moins disponible à la grâce, et à cette foi dont l'Évangile nous assure qu'elle soulève au besoin des montagnes.

Dans ce milieu monastique, à quoi rien ne l'a préparé, certaines choses en rappellent d'autres à Jean Bernier, mais d'une façon qui n'a plus rien à voir. On lui attribue une cellule, mais elle n'a pas de clé. La différence est de taille avec la prison, où l'on est toujours sous haute surveillance et sous le regard d'un “judas”, un mot qui se passe d'explications. Mais plus important que tout est l'atmosphère. Ce n'est pas par contrainte que des hommes choisissent de vivre ensemble dans une Trappe comme des frères et non des condamnés. Feu le “grand Jacques” en oublie ses mauvais coups et cette tendance qu'il avait de se faire la belle, comme disent les captifs. Ce lui serait facile dans un contexte où personne ne le retient; on l'accueille, c'est tout différent. L'idée d'un travail à Toulouse ne lui vient même plus. Il n'en a pas trop de ses journées pour observer ce qui se passe autour de lui et il y prend part dans la mesure de ses possibles. À l'église, comme dans les champs, le jardin, il ne se fait pas prier pour apporter son concours. Un travail en profondeur s'opère en lui. Un labeur divin l'avait travaillé dès la prison, où il avait renoué avec Dieu et des bribes de vérité de son enfance chrétienne. Mais de là à une vie monastique, il y avait un pas que Jean Bernier n'aurait pu faire à lui seul. À vrai dire, il avait été conduit, comme à son insu. Il en allait de même, quand au bout d'un mois, il demande ingénument au Père Abbé Jean de la Croix s'il ne lui serait pas possible de devenir moine lui aussi. Son interlocuteur qui ne se laisse pas démonter, lui répond: « On peut essayer, mais ce ne sera pas facile ». Le provisoire dès lors devait durer, quarante-cinq ans, une éternité à notre échelle à nous. Une page se tourne. Bernier, en effet, a 38 ans à l'époque. Il en a gâché le plus clair dans une vie qui ne pouvait mener à rien si ce n'est à des prisons à répétition, et quelquefois des séjours dans les tréfonds de celles-ci, dans ces cachots qui sont des prisons dans la prison; on appelle cela des "mitards". Sont tenues à cela les fortes têtes pour les soumettre à un régime qui est fait pour les briser. Bernier y résiste, sans en prendre son parti. Il lui faudra plus que des geôles pour baisser la garde. Étonnant parcours que le sien! Il est important de le refaire si l'on veut comprendre la portée d'un dessein divin qui devait faire de l'ancien bagnard un moine auquel fut rendue cette grâce d'enfant qui était au secret de sa vie ultérieure.

Chapitre I

Une enfance ordinaire

Le propre d'un destin comme celui de Jean Bernier, c'est d'échapper à tous les prévisibles. À la différence de ceux qui peuplent ordinairement les prisons, il ne naît pas avec un billet d'écrou dans son berceau, selon la cruelle expression de Gilbert Cesbron. La famille Bernier est honorablement connue. Le père est ouvrier boulanger, et il ne regarde pas à sa peine pour nourrir ses cinq enfants, dont Jean Bernier est le cadet. À toutes les tâches de la maison, sa mère ajoute des heures de "femme à tout faire" dans une usine de la ville. La facilité n'est pas au rendez-vous de cette famille qui doit besogner ferme pour faire face à ses charges. Pour boulanger le pain des autres, le père est à son fournil six nuits par semaine et une partie des jours. Sa joie, c'est de rapporter aux siens des croissants chauds tous les dimanches matin. Ce sont de ces petits bonheurs dont Jean Bernier, comme ses frères et sœurs, garde mémoire pour la vie. Ils en valent bien d'autres, et ce qu'ils inscrivent dans les êtres, c'est une empreinte qui se nomme l'amour.

Comme tous les humbles, les Bernier n'usent pas de grands mots pour définir leur quotidien qui n'est pas des plus évidents, dans un monde où se bousculent des événements dont le commun des mortels a bien du mal à saisir la portée. Jean Bernier vient au monde le 21 octobre 1917, une de ces années qu'on ne peut pas oublier. Dans les mêmes moments, se produit à l'Est du monde une révolution qu'on appellera "d'octobre" précisément, et elle ébranlera notre continent. L'Europe est alors ravagée par une guerre qui la bouleverse pour longtemps. En ces années épouvantables, le vieux monde se suicide à vrai dire, sans y prendre garde. La mort de toutes parts semble l'emporter. Staline, qui s'y connaissait, en fait lui-même le constat : « La mort l'emporte toujours », dira-t-il en connaisseur. La naissance d'un enfant, surtout quand elle survient après bien d'autres, ressemble à un défi à sa façon. Les Bernier l'ont relevé, sans s'attarder sur eux-mêmes. On est encore à une époque où la famille est une assise solide, une véritable "école de vie". Le père règne en maître, un peu comme jadis les souverains de droit divin. Mieux valait ne pas trop discuter ses ordres ou ses points de vue, même, semble-t-il, quand on était l'épouse. Les enfants n'ont pas trop la parole, mais déjà envie de la prendre. Jean, le dernier, ne rêve que de devenir grand pour montrer ce dont il sera capable. On n'avait pas peur, mais hâte de grandir, à l'époque.

Jean n'est pas ce qu'on appelle "un enfant difficile". Il a certes de la personnalité, et le montre. Sa ville natale lui offre un cadre de vie plus qu'agréable. Blois n'est pas pour rien sur le cours d'un fleuve qui a semé les châteaux et les trésors de l'histoire tout au long de ses rives. L'enfant ne cherche pas à se fondre dans un groupe, il les fuit même. Par contre, il adore les promenades en solitaire sur les bords de la Loire ou dans la campagne avoisinante. Ce n'est pas à l'école, mais dans le voisinage qu'il trouve ses amis. Sa scolarité se passe sans trop de problèmes. Il est bon en certaines matières, moins en d'autres, mais il se situe dans une honnête moyenne. Il ne supporte pas, en revanche, ce qui ressemble à une injustice.

Le maître semble plus attentif aux premiers de classe qu'aux derniers, alors que ce sont les plus faibles qui devraient réclamer le plus de sollicitude. Cela révolte Bernier. Il a des idées très précises sur l'équité avec lesquelles il ne transigera jamais ; même par la suite, quand il les interprétera de manière discutable. Ses rapports avec l'Église ne sont pas sans nuages, avec le patronage en particulier. Ce genre d'institution avait une influence en son temps. Les parents lui confiaient volontiers leurs enfants. Le prêtre y régnait comme le père à l'intérieur de la famille. Bernier, qui n'était pas un modèle de discipline, ne se plie pas volontiers aux exigences du patronage. Un dimanche, entre autres, il se laisse tenter par une séance de cinéma plutôt que par la messe. Quand on lui demande la raison de son absence, il ne s'invente pas un prétexte, signe d'une loyauté dont il fera preuve à d'autres périodes de sa vie. La sanction, c'est l'exclusion, et la privation de ces séjours d'été au bord de la mer, à Noirmoutier ou à Pornic. Or, il affectionnait ces semaines-là qui le changeaient des jeux d'eau au bord de la Loire. Comme le patronage était lié à l'image du prêtre, Jean Bernier en tire les conséquences pour tout ce qui touche à la pratique. Il sèche la messe pour de bon cette fois.

Il a douze ans mais on ne lui en tient pas rigueur chez lui. Les Bernier étaient chrétiens, mais trop pris sans doute par les nécessités de l'existence pour accorder à la foi l'importance qu'elle aurait méritée. Jean Bernier a certes reçu ce minimum qui permettait la communion solennelle, laquelle était aussi très souvent la dernière. On était encore dans ce qu'on appelait la génération des “chrétiens à quatre roues”. Le chemin de l'Église, on le faisait dans un berceau, un carrosse prenait la place pour le mariage, un convoi funéraire pour accompagner les défunts à leur dernière demeure. Les Bernier étaient somme toute à l'image de bien d'autres. La foi comptait pour eux, mais elle n'était pas ce vêtement de tous les jours ni même de tous les dimanches. Qui aurait pu prévoir la bure du moine pour cet enfant qui n'en avait pas la moindre idée? Son avenir personnel est d'abord le premier de ses soucis. Il a, à cet égard, le choix entre plusieurs possibles. Doué pour le dessin, il montre une grande habilité manuelle par ailleurs. L'électricité l'attire et le rebute par son caractère abstrait. Il opte finalement pour la ferronnerie et la serrurerie. Au terme d'un apprentissage, comme on en faisait en ce temps-là, le voilà serrurier, un métier qui lui ouvrira des perspectives inattendues, et pas toutes avouables.

Le contact avec le monde adulte ne lui laisse pas que de bons souvenirs. Les anciens regardent de haut les plus jeunes qui n'ont pas d'expérience et se doivent de faire leurs preuves pour mériter la confiance de leurs aînés. Jean Bernier a de réelles capacités dans le domaine qui est le sien. Il n'exercera pas son métier de manière utilitaire. Il y a du créateur en lui. Il aime travailler la matière et lui donner forme.

Le départ est plutôt prometteur. L'adolescent qu'il est encore apprend à se contenter de ce que chaque jour peut lui apporter. Il est dans sa seizième année, un âge où tout est fragile. Il n'est pas armé pour faire face au malheur qui l'attend pourtant, aux détours de son adolescence finissante. Son père meurt en effet d'une congestion pulmonaire qui tourne mal. Il avait 59 ans seulement, ce qui n'est pas un âge pour mourir, se dit son fils, que cette disparition affecte profondément. Car Jean, comme ses frères et sœurs, était très attaché à ses parents. La mort efface les traits un peu rudes du père, et ne laisse au souvenir que les meilleurs côtés de l'être. L'événement – c'en est un pour Jean Bernier – prend la figure du malheur. Il lui paraît d'autant plus accablant qu'il n'est que le premier de beaucoup d'autres. Le père, c'était l'image de la force, sur quoi son fils pouvait s'appuyer, même quand elle était sans partage.

Soudain, c'est l'expérience de la précarité. Moins d'un an plus tard, sa mère meurt à son tour, emportée par le chagrin, constate son fils. Et sans doute avant l'âge, comme c'était le cas très souvent en ces temps où vivre n'était pas une partie de plaisir. Pour les Bernier, c'est la saison du malheur. Sa sœur aînée est atteinte de tuberculose, maladie redoutable à l'époque, dont on n'était jamais sûr de guérir. Les vides se creusent autour de Jean Bernier, et se font béance avec la mort de la grand-mère, dernier pilier d'une génération qui le laisse orphelin avant l'heure.

Il a le cœur en berne. Ses frères et sœurs se dispersent en peu de temps. Son aînée se marie et s'installe à Paris, comme un autre de ses frères. Chacun fait face comme il peut à son destin. Jean Bernier n'en a ni l'âge ni les moyens. L'apprentissage de la vie est encore plus difficile que celui d'un métier. Cela se voit dans le regard souffrant d'un être en état de dénuement intérieur. Le temps des promesses et du rêve s'estompe. Le réel impose ses contraintes et ses incertitudes. Bernier n'est pas armé pour subir la loi de la nécessité. Il ne croit plus à rien, et ne laisse présager aucun retour à Dieu. Lui reste à vivre au jour le jour. Entre Dieu et lui, il y a une fracture de patronage, elle l'a blessé plus qu'on pourrait croire. Une famille amie accepte de l'héberger à Blois, ce qui lui évite, dans l'immédiat, un dépaysement. Mais il ne se sent pas chez lui dans cette famille qui n'est pas la sienne. Faute de mieux, il y reste deux ans, mais c'est une période qui lui pèse. Il lui tarde de partir un peu n'importe où. Pour peu qu'il puisse inventer son propre avenir, voler de ses propres ailes. Il ne devine pas, évidemment, les difficultés qui l'attendent. On lui a appris à maîtriser la matière, mais la vie n'est pas aussi malléable.

Chapitre II

Les mauvais choix

Sans y être vraiment préparé, Jean Bernier tourne une page, ses dix-huit ans sonnés. Nous sommes en 1935. Il s'engage dans l'armée de l'air qui l'incorpore dans une de ses bases à Orly, une localité qui a pour elle d'être dans les proximités de Paris où se trouve une partie de sa parenté restante. A-t-il un instant pensé à devenir pilote ? Ce n'est pas certain. L'armée lui donne surtout la possibilité de se refaire un cadre d'existence. La désillusion ne tarde pas. Jean Bernier voit très vite les limites d'une institution militaire, pour laquelle il n'est pas fait. Mais il s'est engagé pour trois ans, il est en bute à un milieu qui ne lui est pas naturel. Un incident lui vaut une première escarmouche. À un repas de midi, on présente un plat de riz assaisonné d'une souris morte. Un soldat proteste, et en appelle à l'autorité, laquelle désavoue le protestataire. Bernier est outré par ce qu'il tient pour un déni de justice. L'affaire prend les proportions d'une fronde dans laquelle Bernier est impliqué. Il se fait remarquer, et ficher probablement. D'autres incidents ne vont pas tarder. Un jour d'hiver, où il faisait froid, il s'entoure la gorge d'un foulard. Ce n'est pas conforme à la tenue de rigueur. On lui donne ordre de l'enlever. Bernier refuse d'obtempérer, ce qui l'entraîne dans une spirale de réprimandes. Le plus haut échelon de la base confirme l'obligation d'enlever ce foulard. À défaut, on lui inflige une sanction : 30 jours d'arrêt.

Le processus s'enclenche. Il va emporter l'engagé indiscipliné dans une longue suite punitive qui a tout d'une pente fatale. Bernier n'a pas toujours forcément tort. Mais il a contre lui de ne pas être à sa place dans un univers qui ne peut se permettre l'incivilité, et encore moins l'infraction caractérisée. L'armée qui ne sait peut-être plus trop que faire de cette recrue indocile, le change de base. Dans un coin perdu du Soissonnais, il est affecté à des travaux de terrassement. L'endroit est en pleine nature, ce qui n'est pas pour déplaire à Jean Bernier, sauf qu'il y pratique facilement l'évasion buissonnière, préférant le chant des petits oiseaux aux bruits des pelleteuses. Ses comportements ne préparent pas un bon devenir de sa carrière militaire. Il lui arrive de passer les bornes, de se livrer à des voies de faits sur un sous-officier. Selon une de ses expressions favorites, il n'hésite pas à "rentrer dedans" qui se trouve sur son chemin, et lui fait obstacle.

De Conseils de discipline en Conseil de guerre, il finit par cumuler les ennuis. Il devient un habitué des prisons militaires. Sa réputation est plutôt celle d'un insoumis, pour ne pas dire d'un délinquant. Il en est à purger une peine de huit mois de prison ferme à Loos, dans la proximité de Lille, quand se produit la déclaration de guerre. Jean Bernier est dans ses vingt-deux ans. On l'affecte au service général de la prison où il se trouve, pour des travaux d'entretien. Il peut circuler d'une cellule à l'autre, période d'accalmie pour ce militaire hors norme. Elle ne va pas durer, pour cause de guerre cette fois. Le soldat Bernier se retrouve à

Chartres, et ensuite à Buc dans les périphéries de Versailles. Une fois au moins, il se révèle à la hauteur des circonstances. Tandis qu'il était occupé avec d'autres à la mise en place d'une batterie de DCA, trois avions Curtiss décollent au-dessus de leurs têtes. Tout se passe bien pour les deux premiers, mais par contre le troisième prend feu au décollage. On ordonne à tous de chercher un abri, par peur d'une explosion de l'appareil. Bernier n'écoute que son courage. Il se précipite pour arracher au pire s'il est possible, le pilot accidenté. Il y parvient juste avant l'explosion redoutée, mais c'est hélas en vain, puisque le pilote succombe peu après à ses blessures.

En mai 1940, tout se précipite, dans une fuite éperdue qui prend des dimensions d'exode. Bernier aboutit à Périgueux, où il apprend la demande d'armistice. Le voilà du même coup libéré de ses obligations militaires. Dans une France qui n'est plus que l'ombre d'elle-même, et qui vient de perdre sa liberté, Bernier retrouve la sienne de façon paradoxale. Il n'a toujours pas plus de repères. Il va au jugé en fonction du parti qu'il peut tirer des situations. De retour dans un Paris occupé et humilié, il loue une chambre dans le quartier des Halles. Sans horaire ni contrainte, il n'a pour souci que de se procurer de l'argent, sans regarder aux moyens. Démobilisé, il a droit à une prime de mille francs de l'époque. Ce n'est pas négligeable, et d'autant qu'avec des amis, qui deviendront ses complices, il met au point un système qui lui permet de multiplier ces primes.

Il se croit désormais un homme libre qui laisse derrière lui un passé d'inaccomplissement. Il se fait l'effet d'un fruit qui n'aurait pas vraiment mûri, faute de soleil. La déroute militaire laisse la France en situation de jungle, et plus encore dans une grande ville où l'anonymat permet de passer inaperçu. Le meilleur y côtoie le pire. Jean Bernier, à l'époque, choisit le moins bien. Quand rien n'a plus de valeur, reste l'argent, ce maître sans partage, qui est l'antithèse de Dieu, nous dit l'Évangile. "Dieu ou Mammon", c'est le dilemme. Bernier, pour l'heure, est du côté de Mammon, et cela va le conduire loin, d'abaissements en abaissements, jusqu'à un naufrage pénitencier à répétition. Il perd pied avec cette prime de démobilisation, qui le conduit en prison, quand on découvre la supercherie. À sa sortie, il ne se sent pas le courage de reprendre un travail honnête que ses compétences lui permettraient cependant. Mais il a goûté à l'argent et à tout ce qu'il permet. C'est un bel homme, il le sait, et en abuse, auprès des femmes en particulier. Dans les boîtes de nuit, où on le voit souvent, il ne manque pas de conquêtes. Lors de son arrestation pour escroquerie, il vit avec une femme à laquelle il semble attaché. Mais une fois emprisonné, celle-ci l'oublie, et c'est pour Bernier une véritable déception. Il en rencontre une autre qui lie son sort au sien. Mais ils n'ont toujours pas de ressource assurée, ni bien sûr honnête. Bernier, qui observe les mœurs courantes dans ce qu'on appelle "le milieu", en vient à proposer à sa compagne de se prostituer, avec son appui bien sûr. Ce genre de pratique a un nom: c'est du proxénétisme. C'est condamnable, même dans une société qui n'a plus de ressort moral.

Bernier s'enfonce dans la perversion. Il finit par convaincre sa compagne, et se met à vivre de ses charmes. Sans cesser de l'aimer, à ce qu'il prétend. Preuve s'il en est besoin de cette puissance du Malin qui sait au besoin nous faire prendre le mal pour le bien. Paris, en ces années, est une ville en état de perdition. Comme le pays dont elle est le cœur, elle sombre dans la nuit. Et Bernier fait la fête. Il dit de la société qu'elle est "pourrie", un terme dont il use beaucoup. À défaut d'y remédier, il en profite. Pour se mettre à l'abri du soupçon, il a une adresse et une qualification. Officiellement, il est serrurier sous le nom de Jacques B., établi à Orly. Ce prénom prétexte n'est pas celui de son baptême, mais il le suivra dans les prisons où l'on ne le connaîtra plus que sous cette dénomination : "le grand Jacques". Cet univers dans lequel il se complaît, est impitoyable. Quelqu'un qui connaît sa situation le dénonce comme proxénète. Et c'est bien sûr la prison qui l'attend à nouveau. Les mouchards abondent sur le sentier de la perdition. Bernier qui n'a pas perdu toute notion du mal les exècre. Il ne cédera jamais lui-même à la délation. Même dans les vies naufragées, il reste des bouées.

Jugé comme souteneur, Jean Bernier est incarcéré à la prison de la Santé. Sa compagne, qui lui demeure fidèle, lui rend visite. La condamnation qui le frappe est assortie d'une interdiction de séjour dans les grandes villes. On le transfère d'abord à la prison des Tourelles, près de Paris, puis au Camp de Rouillé, dans le Poitou. Les autorités l'ont classé dans la catégorie des "indésirables". Ce n'est pas une recommandation, à une époque qui n'a pas un souci excessif du droit de toute personne humaine, fût-elle fautive. La guerre, dans le même temps, est en train de basculer. Les armées hitlériennes subissent à Stalingrad une défaite irréversible. Les côtes françaises s'attendent à un débarquement qu'espèrent tous ceux, et ils sont nombreux, qui souffrent sous le joug de la présence allemande. Les nazis sont sur la défensive, mais ils n'ont pas dit leur dernier mot. Pour faire tourner leurs usines de guerre, ils ont besoin de main-d'œuvre, car leurs forces vives sont sous l'uniforme.

Ils ne font fi de rien, pas même de ceux que leur gouvernement tient pour des sujets douteux. La prison Poitevine, où Bernier se trouve, est investie un beau matin par des soldats de l'armée allemande qu'assistent, hélas, des éléments de la milice française. Une fouille préalable est effectuée pour saisie éventuelle de tout objet proscrit. L'embarquement suit, direction gare de l'Est. Des trains les attendent, destinés, paraît-il, à des Français qu'on prétendait indûment volontaires. Les apparences sont sauves, le convoi a des allures classiques à la différence des convois de déportation qui partent tout près de là avec leur pleine cargaison de Juifs à destination d'Auschwitz. Jean Bernier est sans illusion toutefois quant à sa qualité de "volontaire" ; ce sont des hommes contraints, qu'on mobilise malgré eux. Bernier qui pense à tout a même prévu de prendre avec lui une scie à métaux pour le cas où il pourrait scier une planche du wagon pour s'évader ; vaine tentative. En gare de Metz, les groupes se scindent. Jean Bernier est théoriquement prévu pour Dresde. Il insiste pour Berlin, dans l'espoir, argumente-t-il, de retrouver un parent. On accède à son désir, et il prend ainsi la route de la capitale allemande. Avant la guerre, il avait rêvé d'aller à l'étranger, mais dans de toutes autres conditions.

Chapitre III

Berlin, les antichambres de la mort

Le voilà donc en route pour Berlin, ou plutôt sa grande banlieue. L'endroit s'appelle Spandau-West. On y fabrique des chars, ce qui n'est pas pour enchanter Bernier, qui réalise bien que sa contribution sert à prolonger la guerre. Le principe de cette usine d'armement, c'est de tourner jour et nuit, avec des équipes qui se relaient toutes les huit heures. La productivité de ces requis se ressent de leur condition. Ils en font le moins possible, et dans cet ordre, Jean Bernier se surpasse. Il devient un expert des arrêts maladie dont il obtient le renouvellement en connivence avec des médecins allemands qui ne croient plus à la victoire de leurs armes. Jean Bernier joue "le malade imaginaire". Ses temps libres, il les emploie à trouver dans les poulaillers ou les réserves de pommes de terre de quoi améliorer des ordinaires plutôt maigres. À l'époque, et en ces lieux, c'est Carême en tout temps. L'étonnant, c'est que le petit jeu de Bernier, qui n'avait rien d'un vrai malade, ait pu durer aussi longtemps. Mais un jour, il subit le contrôle d'un médecin qui flaire la supercherie, et ordonne une contre-expertise. Bernier va jusqu'à se mutiler lui-même, en se renversant une marmite bouillante sur les mains. Le mobile de ses arrêts de travail devient indiscutable, et d'autant qu'une tumeur au pied, accidentelle cette fois, l'immobilise. Le travailleur requis n'est décidément pas une bonne recrue.

Ces dispenses n'arrangent pas ses affaires auprès de ses camarades qui trouvent qu'il en fait un peu trop. Il devient suspect aux yeux de tous ses compagnons de misère comme des geôliers. Tout prend mauvaise tournure pour lui dans un bunker, abri lors d'un bombardement. Quelqu'un se met à fumer, et c'est Bernier que le gardien accuse à tort. L'intéressé ne le supporte pas, il frappe d'un coup de tête bien placé son accusateur qui tombe à terre. Sitôt relevé, celui-ci sort son revolver et oblige son agresseur à le suivre dans un autre abri, en pleine alerte. Là, il n'y a que des Allemands auprès desquels Bernier se voit accusé d'être un parasite. La mécanique répressive se met en mouvement. La Gestapo n'est pas loin, et elle n'est pas du genre à s'en laisser conter. Le récalcitrant fait alors connaissance avec ces antichambres de la mort, dont les SS détiennent les clés. L'un d'entre eux, assisté d'une femme, soumet Bernier à un interrogatoire serré. Dans les jours qui suivent, il est transféré au camp de Grossberren, dans les faubourgs de Berlin. Et là, c'est l'enfer qui l'attend. Ce camp de travail relève de la sinistre géographie de ces camps d'extermination, dont les implantations constellèrent de mort l'univers des nazis. Plus question de se porter malade. L'infirmerie est peuplée de squelettes qui ont dit adieu à toute espérance de survie. Les travaux sont accablants et ils consistent à entretenir les voies de chemin de fer pour le compte de la Reichsbahn, sous la garde de SS ou de capos aux ordres. Chaque matin, avant toute aurore bien souvent, ces condamnés aux travaux forcés ont plusieurs kilomètres à faire à pied. Une fois sur place, et déjà à moitié épuisés de faim et de fatigue, il leur faut transporter des rails pesants. Les retours le soir ne sont pas moins pénibles, et d'autant plus que leurs gardiens s'évertuent à prolonger le parcours, par sadisme. Malheureux, ceux qui tombent et ne peuvent se relever. Voyant un soir le pas d'un de ses camarades faiblir, Jean Bernier réalise quel sort funeste l'attend s'il vient à tomber. Les SS achèvent sans trouble de conscience ceux qui trébuchent. Pour éviter cette issue fatale, Bernier, qui en a encore la force, prend sur son dos cet homme défaillant. Le SS en qui reste peut-être une once d'humanité s'en émeut.

Le propre de l'épreuve, c'est de nous acculer à des choix essentiels. Bernier qui ne sait plus grand-chose de l'Évangile n'en vient pas moins de renouveler le geste du Samaritain (cf. Lc 10, 29-37). L'ivraie n'a pas tout étouffé dans sa vie (cf. Mt 13, 36-43). Ce séjour au pays de l'adversité l'a renouvelé d'une certaine façon. Les événements par ailleurs sont porteurs d'espérance. L'Allemagne est prise en tenaille, entre le front de l'Est qui se rapproche dangereusement pour elle, tandis qu'à l'Ouest les armées alliées ont réussi leur percée. En cet ultime d'un conflit qui a causé des morts par dizaines de millions, Berlin jusqu'au bout est un des épicentres de l'horreur. Les bombardements en ont fait un tas de ruines dans les décombres desquelles se terrent des hommes qui n'ont pu fuir. On compte les jours dans une ville crépusculaire, dont on ne sait d'où viendra la délivrance.

Dans des bunkers, qui étaient à l'épreuve des bombes, Jean Bernier et ses compagnons sont libérés par des Russes qui leur laissent une relative liberté de mouvement, alors même que se poursuivent les combats de rue. Ils ont eu la bonne fortune de pouvoir se diriger vers l'Ouest par leurs propres moyens. Leur boussole, c'est le soleil, et elle les conduit dans une errance incertaine qui leur vaut de tomber tout d'abord sur une zone tenue par les Russes. Ceux-ci les arrêtent et les cantonnent dans une ancienne brasserie dont les vainqueurs ont fait un espace de triage. Les réfugiés affluent de toutes parts, en effet, et parmi eux on trouve d'anciens suppôts d'un régime honni. C'est une heure terrible qui sonne à l'horloge de l'histoire allemande. La loi est celle du sauve qui peut.

Sans en penser plus, Bernier rêve surtout de passer la frontière. Il lui faut là encore répondre de son identité, de son passé, des raisons qui expliquent sa présence en Allemagne. Ce retour a toutes les allures d'un parcours du combattant. Mais il débouche enfin sur la liberté sans conditions. Une vraie libération, dont il réalise le prix quand il peut prendre à Jeumont un train pour Paris.

On est début mai, à quelques jours pour ne pas dire quelques heures, de la capitulation de l'Allemagne. Quand il revient de ce qui ressemble tout de même à une captivité, Jean Bernier n'est pas en très bon état. La faim a mis à l'épreuve un organisme qui ne supportait guère d'être sous-alimenté comme tel avait été le cas. Ce retour ressemble malgré tout à une réhabilitation.

Chapitre IV

Les enclos tragiques

Jean Bernier n'avait pas été un héros à proprement parler, mais son comportement au cœur de l'adversité s'était révélé indiscutable. Il y avait en cet homme une étoffe de résistant taillée pour en faire un rebelle. La facilité l'avait conduit sur le chemin de la délinquance. Son envoi en Allemagne lui ouvrait les voies d'un rachat. On ne tourne toutefois pas sans dommage les pages d'un pareil passé. Lorsque l'esprit impur est sorti d'un homme, nous dit l'Évangile, il parcourt des régions arides en quête de repos, mais il n'en trouve pas. Alors il se dit : « Je vais retourner dans mon logis d'où je suis sorti. À son arrivée, il le trouve inoccupé, balayé, mis en ordre. Alors, il va prendre avec lui sept autres esprits, plus mauvais que lui et le dernier état de cet homme devient pire que le premier » (cf. Mt 12, 44-45). Cette parabole décrit assez bien l'état de Jean Bernier à son retour d'une détention qui, cette fois, n'avait pas été honteuse. Il lui faut bien sûr se récupérer. Il n'a plus que la peau sur les os. Mais il a 28 ans, et un vrai potentiel de vie.

La France qu'il retrouve a besoin de bras, car tout est à reconstruire. Le métier qu'il a appris ne le motive plus tellement. En revanche, il est attiré par la ferronnerie, et capable d'en tirer un bon parti. Les vieux démons, hélas, se tiennent toujours à la porte, et les mauvaises fréquentations ne l'ont pas oublié. Il renoue d'abord avec une ancienne compagne, celle qu'il avait mise sur le trottoir. Il la retrouve dans une maison close. Marthe Richard n'avait pas encore obtenu leur interdiction. À sa façon, cette compagne lui avait été fidèle, mais, avec le temps, elle avait fini par se trouver un autre compagnon, lui aussi un souteneur. Alors, Jean Bernier reprend ses activités. Le milieu n'a pas changé ni ses mœurs. Des femmes sont toujours à disposition, elles appartiennent, pas forcément pour leur bonheur, à des réseaux dans lesquels se pratique ce qui est effectivement un esclavage, et condamné comme tel. Le proxénétisme est toujours un délit. Mais Bernier n'en est pas encore à se poser des questions de conscience. Il voit surtout dans ce commerce un moyen de gagner de l'argent. Sur cette pente, il va glisser à nouveau vers de mortelles dérives. Il devient cambrioleur, et il recommence une carrière pénitencière sous le double chef d'accusation d'attaque de banques et de proxénétisme, encore que ce dernier délit n'ait pas été retenu, faute de preuves. Pour quatre mois, il refait connaissance avec la prison de la Santé, ce qui n'est pas pour arranger son casier judiciaire qui n'a pas fini de s'alourdir de condamnations.

À peine sorti de la prison de la Santé, il se livre à un trafic de cigarettes, dans une sorte de marché noir, très lucratif au lendemain d'une guerre où beaucoup de choses continuent à manquer. Il sait les risques, mais les court, comme quelqu'un qui n'a plus d'arrières et pense que rien ne peut lui arriver. Bernier croit à sa bonne étoile, si l'on peut dire, et s'enfonce dans les récidives. Les butins qu'il rapporte de ses casses ne lui servent même pas à thésauriser. Il n'a pas le moindre pied-à-terre à lui, pas même une voiture à son service. Il ne songe pas à passer son permis, il vit au jour le jour, sans plus de souci de ses lendemains. À voir les photos qu'on a de lui à cette époque, cela ne lui apporte pas le bonheur. Il y a comme une tristesse inavouée en cet homme qui s'isole, quand il le peut, dans de longues promenades sur les boulevards de Paris, comme jadis sur les bords de la Loire, quand il était enfant. Le milieu, dont il est prisonnier à sa façon, ne le comble pas. Une fois ou l'autre, il songe à s'en libérer. En témoignent ses visites à un bureau d'accueil où l'on ne comprend pas le sens de sa démarche. On lui propose un bol de soupe, alors qu'il attendait bien autre chose. C'est peut-être un hors-la-loi ou en passe de l'être, mais pas un clochard. Un reste de dignité en lui le porte à refuser.

Que se serait-il passé si une main, vraiment compréhensive, lui avait été alors tendue? Le vague à l'âme est là, mais le milieu aussi. Il est le seul, estime Bernier, à lui faire une place qui lui vaudra, une bonne dizaine d'années durant, plus de séjours en prison qu'au soleil de la liberté. À force de se répéter, les peines de prison se cumulent et s'amplifient. Il y a les peines à purger et les relégations qui s'ensuivent. De Fresnes à l'Île de Ré, Bernier n'a plus d'autre adresse que des lieux de détention. À la fleur de son âge, il est confiné dans des enclos carcéraux qui n'ont rien d'humain. Bernier y acquiert vite une réputation d'individu dangereux qui ne rassure guère ses gardiens. Il occupe souvent des quartiers de haute surveillance, où il doit partager une cellule étroite avec d'autres détenus. Le souci dominant de ce milieu carcéral est de s'en évader, spécialité dans laquelle Jean Bernier se fait une réputation. C'est l'époque du "grand Jacques", comme on l'appelle dans "ce milieu" qui en prolonge un autre.

Pour occuper le temps, Bernier se rend à la messe au besoin. L'aumônier de la prison à Fresnes est alors le chanoine Popot. Lui-même a fait pendant la guerre l'expérience de la captivité, et il marque par sa parole et sa présence cette assemblée captive que Dieu ne déserte pas. Un détenu du nom de Richard en témoigne, lui qui s'est converti à la lecture du livre de Daniel Rops: *Jésus en son temps*. Condamné à dix ans de prison, ce Richard est un fort tempérament, mais ce n'est pas un tiède. Bernier le retrouvera à l'Île de Ré, il ne sera pas pour peu dans ses retournements intérieurs. Richard n'a rien d'un enfant de chœur, il sert la messe à Fresnes. Il n'est pas le seul converti dans cette assemblée aux liens qui forment une vraie paroisse. Qui sait lire l'Évangile peut comprendre. C'est bien là qu'il nous est dit: « J'étais prisonnier, et vous êtes venus me visiter » (Mt 25, 36). Conséquence de ces inattendus de Dieu, un prisonnier converti écrit à sa compagne pour la prier de renoncer au trottoir, et de ne plus lui envoyer de l'argent dont il connaît trop les provenances. Ses conseils ne seront pas suivis, bien qu'ils fussent assortis d'une promesse de mariage. On a quelquefois plus d'oreille pour entendre en prison que là où on s'estime libre de soi. Parce qu'elle est pesante, la détention donne évidemment des idées d'évasion. Bernier s'emploie à les mettre en œuvre à bien des reprises. Ses anciens savoirs de serrurier lui sont utiles. Il s'arrange pour avoir, on ne sait comment, des instruments de sciage qui échappent à toutes les fouilles. Il devient un "recordman" de l'évasion, mais sans succès. Il lui en coûte chaque fois des enfermements encore plus insupportables.

Bernier devient un habitué des "mitards", ces prisons dans la prison qui sont comme autant de tombeaux. L'objectif y est, on s'en doute, répressif, mais dans le cas de fortes personnalités, il produit l'effet contraire. Bernier en est un exemple. C'est la rage au cœur qu'il subit le "mitard", mais sans regretter la tentative, qui l'y a conduit. Et pourtant, ce lieu d'ensevelissement qu'est un "mitard", a de quoi impressionner à jamais quiconque y a été détenu. On y est isolé de tout, dans un endroit qui ressemble à une véritable cage. Rien ne vient rompre le néant des heures. Aucune activité n'est permise, et le droit à la lecture est très limité. Ceci 90 jours durant. La réputation de forte tête entraîne pour Bernier des prolongations, pour cause de mauvais comportement avec les surveillants. Il y en a dans les mitards. Le moindre accrochage a de fâcheuses conséquences. Celle par exemple de trois jours de cachot spécial où le condamné est dans le noir absolu. Si endurci qu'il fut, Bernier une fois au moins ne peut supporter jusqu'au bout ces 90 jours d'épreuve. Une bonne semaine avant la fin, il fallut en appeler au médecin qui, devant son état, le fit hospitaliser.

Ces souvenirs terribles l'amèneront, le moment venu, au temps improbable de sa vie monastique, à mener un combat pour l'humanisation des prisons. L'absence de visites ajoute au poids des jours en ces lieux où on laisse l'espérance à la porte. Jean Bernier n'eut aucune visite au long de ses années d'emprisonnement. « Quinze années avec le diable », comme il dira lui-même dans un mémoire personnel, où il ne cherche pas à se blanchir de toute responsabilité.

Chapitre V

Les saints que n'entrave aucune barrière

Après trois ans à Fresnes, le voilà à Bourges où il est relégué derrière des barreaux qui n'atténuent pas le sentiment pénitencier. À la différence de Fresnes où les détenus se comptent par milliers, Bourges est un petit établissement. Bernier n'y séjourne que quelques mois, durant lesquels il apprend à coudre des sacs. On est aux approches de Pâques, un moment dont le "grand Jacques" ne réalise pas l'importance. Ce qui ne l'empêche pas d'être touché par un désir spirituel qui a valeur d'appel. Il assiste à la messe, il voudrait bien communier. L'aumônier, informé de sa requête, le visite en sa cellule. Il est prêt à l'entendre en confession, mais Bernier, qui assume tout, a besoin de se justifier à ses yeux. Il prévient qu'il ne regrette rien de son passé. L'aumônier en conclut que son pénitent n'est pas en état de recevoir une absolution. Les choses en restent là. Un autre prêtre, à qui Jean Bernier fera confidence de cet incident, lui dira bien plus tard : « Moi, je vous aurais quand même donné la communion, et Jésus aurait fait le reste ». Les temps ne sont plus les mêmes, il est vrai, ni le cadre. On en sera à Sainte-Marie du Désert, avec un Père Abbé du nom de Jean de la Croix, un homme de Dieu qui savait lire dans l'humanité tous les possibles divins. Avant d'en arriver à ce Père Abbé, Jean Bernier aura encore à franchir bien des étapes carcérales où il doit purger la somme de ces condamnations et de ses relégations. “La relègue”, comme on dit dans le langage des reclus. Il passe deux ans à Poissy, dans une centrale qui a la particularité d'être cistercienne d'origine. Comme d'autres, Clairvaux en premier. Les cellules sont comme autant d'alcôves, dont on a fait des dortoirs ceinturés de grillages qui en font des espèces de cages à poules. L'architecture spéciale de l'endroit étonne Bernier. Il est bien loin de se douter du caractère prémonitoire de ces anciens monastères. Ses qualités de serrurier l'amènent à travailler dans un atelier où l'on fait des meubles de fer, ce qui lui va assez bien. Les travers de l'humanité n'ont pas pris congé en prison. Le plus insupportable pour Bernier, c'est la délation, ce penchant qu'ont certains de dénoncer les autres. Ce sont les “mouchards” comme on les appelle dans ce milieu carcéral. Le “grand Jacques” ne supporte pas, et une fois ou l'autre cela aurait pu le conduire à faire un malheur, s'il en avait eu la possibilité. Il fut gardé de lui-même par bonheur, mais jamais il ne serrait la main de quelqu'un qui en avait donné un autre. Sa foi est en veilleuse, mais il va à la messe autant pour se retrouver avec d'autres, sans doute. Mais le fait est qu'il y va, et qu'il est même admis dans la chorale où sa belle voix, héritée de son père, peut se donner libre cours, échappatoire déjà vers un ailleurs, dont Bernier est encore loin.

Il lui reste à connaître d'autres étapes: Mauzac en Dordogne, Bergerac dans les mêmes parages, et l'Île de Ré qui n'a rien à voir avec l'Île de rêve où l'on se presse en foule en été. La prison, c'est autre chose, même quand elle est implantée dans une lumière qui est la grâce de cette île aimée des peintres. La succession des années contribue à l'accablement de ceux qui les subissent. À Mauzac, Bernier en arrive à penser au suicide. Il passe commande d'une lame de rasoir à un contact extérieur. La demande n'est pas honorée. Il comprendra plus tard qu'il y avait sur lui, en cette circonstance, un autre dessein que le sien. Pour tenir, il s'impose une stricte discipline : exercices, marche dans la cour aux heures autorisées. Il se voit un jour suspecté d'homosexualité, alors qu'il faisait torse nu sa culture physique. Quelqu'un, qui n'est peut-être pas très net lui-même, le croit homosexuel et le dénonce à ce titre. Bernier, qui ne supporte pas cette suspicion injustifiée, décide de la faire payer à son accusateur. Il le fait à sa manière qui n'est pas des plus douces. Si l'on n'avait pas arraché la victime à ses propres mains, jusqu'où serait-il allé ? Le "mitard" une fois encore est l'aboutissement pour Bernier, dont Mauzac se défait aussi vite qu'il le peut. À Bergerac, où il est transféré, l'affaire est portée devant le tribunal, pour voie de fait sur un agent d'administration. Le calomniateur était en effet un surveillant. Le casier judiciaire s'alourdit encore, avec quatre mois supplémentaires qui lui sont infligés. Le tribunal n'a d'ailleurs pas forcé sur le verdict, conscient probablement du fait que Bernier n'avait pas tous les torts en la circonstance. Une nouvelle et vaine tentative d'évasion aggrave son cas. Ce n'est peut-être pas pour rien dans son transfert à l'Île de Ré, où des années de détention lui restent à accomplir. On est en 1954. Bernier a 33 ans. Il n'est pas encore au bout de ses peines, mais il en approche. La réputation de Saint-Martin de Ré n'est pas des meilleures. Lieu de transit autrefois pour des bagnards à destination de Cayenne, la forteresse est devenue avec les années un établissement carcéral qui n'est guère accordé à la beauté de l'environnement. Des prisonniers célèbres y ont séjourné, et parmi eux quelques innocents. Dreyfus, Ceznec, pour n'en pas citer d'autres. Les évasions, à l'époque du moins, n'étaient guère envisageables, puisqu'on était sur une île. Bernier y est au titre de relégué et pour des années.

Le premier contact avec le directeur n'est pas des plus encourageants. Bernier prévient son interlocuteur que mieux vaut ne pas lui marcher sur les pieds. La fabrication de tapis ou de filets de pêche est l'occupation principale des détenus. De cette époque date une mémoire de gestes qui s'inscrit au profond de l'être. Dans les tout derniers temps de sa vie, observe le frère infirmier qui l'a accompagné, les mains de Bernier semblaient encore occupées par ses gestes de tisserand à l'Île de Ré. Les lectures en cet endroit sont plus abondantes que dans les prisons précédentes. Ce ne sera pas indifférent à ses évolutions à venir. Il se fait ainsi des amis dont l'influence se révélera durable sur lui. C'est le cas de Joseph, un nom inattendu en pareil lieu, mais combien mérité. Avec ce compagnon de détention, Jean Bernier a de multiples et profonds échanges. Les saints que n'entrave aucune barrière entrent dans cette prison avec un ouvrage qui relate la vie de saint Jean de Dieu. Un autre paraît à Bernier plus rébarbatif, son titre à lui seul fait barrage : *Traité d'apologétique chrétienne sur les origines du monde*. Ce n'est pas pour intéresser Bernier qui accepte tout de même de le lire, sur insistance de son ami. À sa stupéfaction, il est intéressé, et se met à réfléchir sur les finalités de la vie, les complexités de l'être humain, et ses propres contradictions. Bernier n'a pas réponse à tout, il s'interroge et se laisse interroger. Il éprouve un besoin de solitude qui l'amène à réclamer comme une faveur d'être placé en isolement, là où on met les punis ordinairement. On lui accorde cette grâce, et permission d'amener avec lui ses affaires. Au terme d'un mois, il sollicite des travaux à faire, en solitaire. Pour toute proximité, il n'a que d'autres isolés, mais condamnés comme Bernier bien des fois l'avait été lui-même.

Dans cette solitude, il entend un matin une voix intérieure qui lui reproche sa vie antérieure. Lui qui se faisait fort de ne rien regretter de son passé est soudain tourmenté. Bernier, essaie bien de discuter avec lui-même, de se disculper. Ce n'est pas assez pour étouffer la voix. Trois jours durant, il est poursuivi par cette adresse qui le renvoie à lui-même, sans complaisance. Au quatrième jour, il tombe à genoux, comme saint Paul, sur la route de Damas. Il fera le rapprochement plus tard quand l'Écriture deviendra pour lui Parole. Une force plus puissante que lui l'a jeté à terre. Le chemin de Damas passe effectivement par la prison, et il conduit au-delà de tous les prévisibles (cf. Ac 9, 1-19). Jean Bernier reconnaît sa faute et la confesse. À ce moment seulement, il se met à réciter le *Notre Père* et le *Je vous salue Marie*, qui lui reviennent en mémoire, comme un écho de son enfance. Une joie immense l'envahit.

La voix se tait comme si elle avait accompli sa mission. Les larmes coulent sur son visage. Mais elles lavent le regard, sans le brouiller. Ce sont ses fautes qu'il pleure, et en même temps sa joie. Il éprouve alors le besoin urgent de se confesser et de communier. Le tout durant une semaine Sainte qui prend sa vraie dimension pour ce revenant du pays de la mort. On est en 1955, à échéance prochaine de sa peine. Il aurait dû, en effet, ne purger qu'une année, mais ses incartades de toutes sortes lui ont valu des prolongations de trois ans. Sa confession a un effet libérateur. Bernier se sent délivré d'un grand poids. Il se met à prier chaque jour, et à se nourrir de la Bible, des psaumes dont il fait siens certains versets. Ce passage par exemple du psaume 86 [85], 12 :

« Je te rends grâce de tout mon cœur,
Seigneur, mon Dieu,
Toujours je rendrai grâce à ton nom.
Il est grand ton amour pour moi,
Tu m'as tiré de l'abîme des morts ».

Chapitre VI

Rue de la liberté

Bernier devient insatiable de la Parole de Dieu. Dans la chapelle de la prison, il assiste à tous les offices, avec une ferveur qui ne va pas sans étonnement pour qui l'avait connu sous un autre jour. Cela suscite de l'incrédulité dans son entourage. Chaque dimanche désormais, il communie avec un tout petit groupe d'autres détenus qu'on surnommait "les moines"; pressentiment dans le cas de Jean Bernier d'un destin dont l'aboutissement sera à son heure Sainte-Marie du Désert. Mais parce qu'il y a ce mystère de la communion de saints, la prière des moines de jadis n'était peut-être pas sans rapport. La prière imprègne les lieux d'où elle s'est élevée. Cette prison de l'Île de Ré n'avait pas été par hasard un monastère autrefois. Déjà habite dans le cœur de Jean Bernier le besoin de tout donner à Dieu. L'histoire d'une âme de Thérèse de Lisieux le bouleverse. La petite carmélite de Lisieux avait, on le sait, une prédilection pour les condamnés, depuis qu'en ultime lui avait été faite la grâce d'apprendre le retournement de Pranzini, ce condamné à mort, qui avait embrassé un crucifix en haut d'un échafaud. La petite voie de sainte Thérèse fait à Jean Bernier l'effet d'une avenue à sa portée.

François de Sales fait également partie de ses lectures familières. Le changement est tel que ses compagnons de misère ne le reconnaissent plus. Les gardiens ne sont pas moins stupéfaits quand ils le voient prier dans sa cellule. Bernier est l'objet d'une perplexité généralisée. Les plus méfiants subodorent une manœuvre pour endormir le personnel de la prison. L'intéressé sait à quoi s'en tenir. Il ne s'arrête pas à des jugements qu'il comprend d'ailleurs. En aurait-il cru un seul mot si l'on lui avait annoncé à l'avance ce qui allait lui arriver? Il y a tout de même un de ses tout proches, Joseph, le frère d'Ange, qui est bien placé pour comprendre, et lui, il ne doute pas. La vie, fût-ce après un tel retournement, suit bien sûr son cours, il est de monotonie résignée. Bernier est affecté à un atelier où l'on travaille le cuir. C'est une école du beau, et Bernier s'en réjouit. Mais il trouve que son travail et celui de ses compagnons n'est pas rémunéré à sa juste valeur. Il introduit une requête auprès du commanditaire extérieur. Le converti ne perd pas le sens de ce qui lui est dû. Entre-temps, Ange son ami réapparaît, après avoir été libéré. Les rédemptions sociales sont fragiles. Ange avait été pour quelque chose, quelques années auparavant, dans l'éveil à la foi de Bernier. La nécessité et ses mauvais penchants l'avaient poussé à recommencer. Pour cambriolage, il était à nouveau incarcéré, et plus qu'étonné du chemin fait par Bernier.

La Vierge entre dans la vie du converti. Son image est en bonne place dans la cellule de Bernier, une médaille, celle de la rue du Bac, l'a rejointe. Cette médaille, on la dit “miraculeuse”, et elle l'est en la circonstance. Il n'y avait que Marie pour rendre à un homme qui l'avait perdu un cœur d'enfant. « Ton péché serait-il aussi rouge que l'écarlate, je le rendrai plus blanc que neige », nous assure le prophète Isaïe (Is 1, 18). Bernier en fait l'expérience. Désormais, il vit jour après jour dans la main de quelqu'un qu'il sait être son Père des Cieux. Deux ans s'écoulent. C'est le délai possible pour une libération conditionnelle. Il en fait la demande, avec, à l'appui l'adresse d'un lieu d'accueil, condition obligée pour obtenir un élargissement avant l'heure. On lui a parlé d'une abbaye à une trentaine de kilomètres de Toulouse. On la nomme Sainte-Marie du Désert, en souvenir d'un endroit à l'écart où venaient des pèlerins. Les moines ont pris le relais, il y a de cela un siècle et demi. Ce sont des cisterciens, des disciples de saint Bernard et de Robert de Molesmes, les fondateurs de Cîteaux et de Clairvaux. Comme tous les autres, ces moines sont des veilleurs qui se tiennent devant Dieu bien avant toute aurore. Dès quatre du matin (c'était même à trois heures à l'époque), ils se lèvent pour louer Dieu. Ce sont des permanents de la prière. « Il suffirait de croire que Dieu *est*, pour que lui donner notre vie ne soit pas péché par excès mais par insuffisance », nous a dit Madeleine Delbrêl, une grande spirituelle de ce temps. C'est Richard, l'ami providentiel, qui conseille à Bernier de s'adresser à Sainte-Marie du Désert. Converti lui-même, il ne gardait pas pour lui le trésor de croire.

Jean Bernier trouvait encourageante la proximité de Toulouse, ville qu'il avait connue pendant la guerre quand il était loin de Dieu, et de lui-même pour finir. Sa première intention n'était pas de s'établir à Sainte-Marie, mais de trouver un travail avec l'appui des moines et leur conseil. La réponse du monastère est positive, ce qui n'est pas pour surprendre ceux qui connaissent la capacité d'accueil de l'endroit. Nous sommes en mars de l'année 1957, le 25 de ce mois, confirmation est faite d'une libération conditionnelle. La date du 25 mars n'est pas indifférente. Ce jour-là, on fête l'Annonciation à Marie (cf. Lc 1, 26-38), et c'est en mai que la libération conditionnelle devient effective. Mai, le mois consacré à Marie, par la ferveur chrétienne. Jean Bernier est âgé de 38 ans quand il franchit l'enceinte de la forteresse pénitentiaire. Il en est déjà à la moitié de sa vie, et c'est d'une encre noire qu'elle s'est à ce jour écrite. Pour signifier le nouvel homme qu'il est devenu, le “grand Jacques” s'est revêtu de ses plus beaux vêtements, ceux du moins qui lui restaient. Il dit adieu à la prison, avec la certitude intérieure de n'y plus jamais revenir.

Émerveillé de sa jeune liberté, il s'attarde dans le village, à l'église surtout, où il prie pour rendre grâces. Le curé, qui est aussi l'aumônier de la prison, l'accueille avec chaleur. Il pressent le devenir spirituel de cet homme. Le conseil du prêtre ne lui est pas superflu. Bernier lui fait part de son intention de passer par Paris, avant de rejoindre Sainte-Marie du Désert. Le curé le met en garde. À Paris, il risque des mauvaises rencontres, et des rechutes. L'intention est certes d'aller saluer sa sœur. Mais s'il était repris par ses anciennes fréquentations ? La sagesse l'emporte et Jean Bernier prend l'autobus pour La Rochelle, et de là, le train pour Toulouse. Auparavant, il flâne un peu dans les rues du village. On ne le regarde pas de travers, habitué qu'on est au voisinage de la forteresse. Jean Bernier apprécie de pouvoir entrer dans un magasin pour y acheter une cravate, payée de son argent gagné par son travail. Il passe à la poste pour envoyer un télégramme à sa sœur : « Enfin libéré, prends train pour Toulouse ». Sur le bateau qui assure alors le lien entre l'île et le continent, Bernier ne contemple pas uniquement les murs d'une forteresse dont l'image s'estompe ;

c'est tout un passé qui s'éloigne, mais cette fois sans retour. Il laisse, bien entendu, des traces, et pour commencer cette identité incertaine qui se réduit à un carnet d'interdiction de séjour. La veille, il avait sollicité l'octroi d'une carte d'identité, mais elle ne lui parviendra que plus tard, via le tribunal de Toulouse. Comme il n'arrive dans cette ville que le soir, Bernier doit prendre une chambre d'hôtel pour la nuit. Par bonheur le gardien de nuit ne lui demande pas de pièce d'identité. À retardement, Bernier se demande quelle aurait été sa réaction s'il avait dû produire un carnet d'interdiction de séjour. Après une vraie nuit de repos, le nouveau libéré prend un copieux petit-déjeuner au comptoir. La patronne lui indique l'heure du train pour Auch, la ligne qu'il doit prendre pour gagner Merenvielle, cette gare de campagne où il descendra pour toujours. Auparavant, il doit se rendre au Palais de Justice pour faire contrôler son arrivée par une assistante sociale qui deviendra son amie. Celle-ci téléphone au monastère pour confirmer sa venue. Les choses importantes de la vie se passent parfois dans une certaine banalité. Ce qui est en train de se produire n'a pourtant rien de banal, ou alors c'est le banal de Dieu qui ne craint pas l'inaperçu.

Chapitre VII

Les rendez-vous imprévisibles

Pour descendre à la gare de Merenvielle, il fallait le demander, car cette station de campagne figurait dans les arrêts facultatifs. Il n'y a pas foule sur ses quais. Mais quelqu'un attend, et qu'on remarque pour sa haute taille. C'est Dom Jean de la Croix, le Père Abbé à l'époque de Sainte-Marie. C'est un homme jeune qui a gardé quelque chose de cette grâce d'enfance, dont l'Évangile fait une condition pour entrer dans le Royaume (cf. Lc 18, 16-17). Ce Père Abbé, un peu inattendu, a l'accueil chaleureux. Il embrasse son hôte, et le prend aussitôt à bord de sa voiture. Les bagages n'encombrent pas ce passager insolite. Le parcours en voiture n'est pas très long, une dizaine de kilomètres. Assez tout de même pour admirer un paysage qui a la douceur de ce qu'on nomme les coteaux du Gers. La nature, au surplus, a déjà pris ses parures de mai. Qui sort d'une enceinte de prison où l'horizon lui-même est captif n'en est que plus porté à s'emplir les yeux d'une gloire de création.

Quand on approche, l'abbaye apparaît et disparaît au gré des vallonnements du paysage. Les bâtiments de briques ont l'élan imposant, mais rien d'écrasant. Ce n'est pas une idée de contrainte qui s'impose, mais de consentement. Nul n'est là contre sa volonté, mais pour répondre à celle d'un Autre. Un appel, pour tout dire, qui fait les disciples, comme aux premiers jours sur les bords d'un lac quand le Fils de Dieu en personne dit à quelques-uns de venir et de le suivre (Mt 4, 18-22). Bernier a fait tout un chemin, et pas le plus court. Il se composait de tant de traverses et des pires. Mais quand il franchit le portail de cette abbaye, ce n'est pas une impression de détention qui prévaut mais de liberté. Le silence de l'endroit frappe d'emblée le visiteur. Quand Bernier y arrive, il est très rigoureux. Les moines ne parlaient que pour de strictes nécessités, et la plupart du temps avec des gestes. Le silence n'est pas, en ce lieu, une règle accessoire. Il est signe d'un Royaume où il y a plus à entendre qu'à dire, si ce n'est par sa vie.

Bernier ne réalise pas tout ce qui l'attend là, mais il est saisi. Il ne donne pas l'impression d'être en transit. Il a certes besoin de prendre un peu de repos. Mais il a également envie de suivre à la lettre l'activité et la louange de ces moines qui se disent et s'efforcent d'être des frères. Bernier regarde, il est regardé… il observe, et il est observé, sans qu'il soit besoin de présentations. Il entre somme toute dans la catégorie de ceux qu'on désigne de ce nom de "regardants". Chose étonnante, il ne se préoccupe pas de trouver un travail comme il était prévu. Sa haute silhouette ne paraît pas étonnante dans cet ensemble de moines qui ne s'en tiennent pas aux apparences. Sur le conseil du directeur de la prison de l'Île de Ré, Jean Bernier s'est fait couper la barbe pour faciliter sa réinsertion. Or là il se trouve parmi des moines dont beaucoup précisément portent la barbe. Le plus surprenant pour ce bagnard libéré de fraîche date, c'est la considération dont on l'entoure, et la confiance qu'on lui fait. Rien ne le retient contre son gré dans cette communauté, il se sent attendu, sans avoir à rendre compte. Ce monastère, c'est comme un havre au sortir d'une longue nuit. Dieu, bien sûr, a commencé le travail. L'hôtelier qui a charge de recevoir les gens de passage pour une retraite, est un frère espagnol qui a le don de l'accueil et de la réserve. Il conduit le nouvel arrivant à la chambre qui sera la sienne le temps de son séjour. Est-ce un hasard qu'elle soit dédiée à saint Jean, le prénom de baptême de Bernier ? L'espace y est mesuré, comme dans toutes les cellules monastiques, et dépouillé de tout superflu. Mais, on y est seul et libre.

À la différence de ce qu'il a connu depuis des années, Bernier n'est pas enfermé. On lui donne même la clé de sa chambre. Ce qui va de soi pour tout le monde est sujet d'émerveillement pour ce prisonnier, libéré depuis si peu. Autre détail, il n'y a pas de "judas" dans les portes, pas d'œil indiscret qui vous met sous un regard de constante surveillance. Séparé des moines, Bernier prend toutefois ses repas en leur compagnie. L'église est le lieu de prédilection de cet homme qui est vraiment en train de tourner une page. On ne peut pas être plus au cœur de ce qui fait la vie d'un monastère. L'endroit cistercien qu'on désignait jadis du terme de "trappe" est entièrement voué à la contemplation. L'existence se partage entre la louange, le travail, le repos. Tout se déroule à un rythme invariable. Il ne se passe rien dans une trappe. Mais d'où vient qu'on ait ce sentiment de renouvellement qui est au secret de tout ici ? L'église est simple et belle. Elle n'a pas pour elle l'héritage des siècles, comme tant d'autres de ses grandes sœurs, en Provence par exemple. Mais elle en a la solennité, elle est ordonnée à ce face à face avec Dieu qui est le spécifique du moine. De 04 h. du matin à 20 h. le soir, les Offices rythment la vie à l'abbaye. Bernier ne manque rien, c'est un pratiquant qui a du temps à rattraper et hâte, sans le savoir encore, de tout donner.

À l'époque, c'était avant le Concile et la Réforme qui suivra, il y avait deux catégories parmi les moines: ceux qu'on disait "les moines de chœur", des prêtres pour la plupart, et les autres, des "convers", tel était leur nom. C'étaient de vrais moines, les uns et les autres, mais les convers avaient en charge les travaux manuels. La réforme conciliaire a effacé ce clivage, qui n'avait rien à voir avec les réalités de classes dans notre société. Désormais, il n'y a plus que des Frères, et ils ont tous leur place au chœur. Certains regrettent cette disparition des convers qui étaient "présence de pauvres" à leur manière. À Tibhirine, par exemple, Luc, qui avait été médecin pour commencer, n'avait jamais renoncé à sa qualité de convers, qui l'assurait, disait-il, de jouer dans la catégorie des plus pauvres[1]. L'un des moments privilégiés dans une trappe, c'est celui où s'élève le chant du grand *Salve*, ultime salut à Marie, de tous ces hommes qui la vénère comme leur mère et la nôtre. Bernier ne s'y habituera jamais, pas plus qu'aucun de ceux qui consacrent leur vie dans une Trappe. Seules des existences tout ordonnées à Dieu, peuvent atteindre un pareil niveau. On comprend que des hommes célèbres aient été retournés et convertis à l'écoute de ce grand *Salve*. Bernier, qui est dans son élément dans cette abbaye, est travaillé dans ses profondeurs. Ce qu'il a connu en prison n'a pas épuisé en lui la source des larmes. Ses compagnons de peine lui demeurent présents. Il rend grâce pour tout ce que Dieu a fait pour lui et de lui. Il est sensible à l'attention qu'on lui porte, à la considération

1. Robert MASSON, *Tibhirine, les veilleurs de l'Atlas*, Le Cerf/St-Augustin, Paris/St-Maurice, 1997.

dont il est l'objet. On le traite, il s'en rend compte, comme n'importe lequel des autres moines.

Dieu, il va l'apprendre, ne nous jette jamais notre passé à la tête, il en a bien assez de croire en nous-mêmes, et surtout quand on s'égare. Bernier n'a pas besoin de longs développements pour entendre la parole du bon Berger (cf. Jn 10, 1-18) et de la brebis perdue (cf. Mt 18, 12-14). Le Père Abbé, qui est seul à connaître son passé, lui rend parfois visite. Il l'a confié spécialement à un moine, qui est son Père spirituel. Son dirigé le presse de questions sur les mobiles profonds d'une vie de moine. Dans la solitude de sa chambre, il prie lui-même beaucoup, comme durant les offices, de même pendant les travaux de jardin ou d'entretien auxquels il se livre volontiers, comme tous les moines. Ce qu'il n'a pas pénétré encore, bien sûr, c'est la vie profonde de ces reclus volontaires, qui ont à vivre comme des frères, même avec certains qu'ils n'auraient peut-être pas choisi dans la vie ordinaire. Bernier ne raisonne plus en ces termes. Ce qui lui semble aller de soi, c'est la vie en Dieu désormais. Il mesure le chemin à parcourir pour cela, mais il a mis le cap. Un beau matin, il ose se risquer à une question qui va décider de tout pour lui. Au Père Abbé il demande : « Est-ce que je ne pourrais pas, moi aussi, devenir moine ? ». Pour inattendue qu'elle soit, la question ne paraît pas saugrenue à son interlocuteur. Il n'y a pas un mois que Bernier est à Sainte-Marie du Désert, et son Père Abbé a réalisé, dès le premier instant, qu'il ne recueillait pas un hôte de passage.

Un demi-siècle après, ou presque, il écrit : « Le grand souvenir que je garde et que je n'évoque jamais sans émotion, c'est notre rencontre sur le quai de la gare de Merenvielle, quand je l'aperçus sortant de l'autorail, et que spontanément nous nous sommes embrassés. Il s'est certainement passé à ce moment-là quelque chose de très grand, une grâce qui devait durer 45 ans de sa vie de moine. Chaque année, depuis mon retour du Maroc[2], je lui ai envoyé un petit mot à l'occasion de cet anniversaire du 10 mai 1957, et il me répondait récemment. J'ai gardé sa lettre de mai 2000, souligne Dom Jean de la Croix, où il me disait qu'il était devenu un "fan" de saint Jean de la Croix. Il ajoutait : "Dieu m'a donné ce chemin pour moi. Je crois qu'il faut brûler devant Dieu comme un cierge, être devant lui-même, en silence". Il écrivait : "L'Esprit Saint prend le volant. La tendance est toujours de vouloir faire, de conduire soi-même". Cela n'a certainement pas été facile, puisqu'il ajoute : "C'est une drôle de purification dans la nuit obscure".

« À la fin de ce mot, il me disait en une phrase qu'il portait la croix : arthrose, œdème des jambes. Le frère Robert qui fut son ultime infirmier, avec tant de délicatesse, dans les derniers mois où il a accompagné notre Frère dans son chemin, en fut bouleversé. Nous ne parlions jamais de son passé. Cependant, au sujet de sa conversion, le récit que j'en garde – c'est toujours frère Jean de la Croix qui parle – tel qu'il me l'a donné, diverge notablement de ce qu'il racontait volontiers. Cela m'intrigue, étant donné que je ne puis affirmer lequel de ces deux récits est authentique. Dans l'un, il fait mention d'une voix intérieure qui lui reproche son passé, ce qui l'a amené à la conversion, à l'aveu : "Oui, je reconnais que ce que j'ai fait est mauvais".

« Le récit que je garde en mémoire est simple. Au "mitard", après avoir cassé la figure d'un surveillant, il

2. Dom Jean de la Croix, au soir de ses jours, séjournait, en effet, dans un Prieuré dépendant de Tibhirine à Fès, qu'il a dû quitter pour des raisons de santé. C'est donc à ce retour qu'il fait allusion.

tombe sur un Évangile. Il le lit, et c'est alors qu'il me dit textuellement : "Je n'ai pas compris la moitié, mais je me suis dit : Si le Christ, c'est vrai, je ne suis qu'un salaud".

« Cette version, poursuit Jean de la Croix, me paraît beaucoup plus conforme que l'autre avec la voix intérieure qui rappelle les *Confessions* de saint Augustin. Pareilles déclarations ne correspondent guère à un nouveau converti venant d'un tel milieu. Cette divergence peut s'expliquer par le fait que chez lui, comme chez moi, le temps a modifié les souvenirs. J'en ai parlé avec Dom Jean-Marie (actuel Père Abbé de Sainte-Marie), observe Jean de la Croix, et celui-ci en a été surpris, car, m'a-t-il assuré, il avait toujours entendu la version de la voix intérieure. »

En final, cela ne change rien. « La venue, la persévérance de Bernier au Désert, conclut Jean de la Croix, a été une des plus grandes grâces du Bien-Aimé. » Sans doute, l'ancien Père Abbé du lieu en pressentait-il quelque chose quand il lui avait répondu : « On peut toujours essayer, mais ce ne sera pas facile ». Ce ne le fut pas et ne pouvait l'être. Il n'empêche que ce jour de juin 1957, un homme change de nom, pour bien signifier en quelque sorte un changement encore plus radical. Jean Bernier devient frère Grégoire. Ce jour-là, on fêtait Grégoire de Nazianze, un de nos Pères dans la foi qui devenait dès lors celui de Jean Bernier, pour tout ce qui lui restait d'existence sur la terre. 45 ans qui n'auront plus rien à voir avec les 38 qui avaient précédé. Frère Grégoire, bien sûr, était encore un aspirant à la vie religieuse, un "observant", comme on dit dans le monde des cloîtres. Une antique sagesse suppose les "prudences du provisoire". Mais, quand frère Grégoire prend place dans le chœur des moines, c'est le sérieux de sa démarche qui l'emporte et elle sera sans retour, quoi qu'il puisse en être des embûches à venir. Elles ne manqueront pas, mais ses pas sont assurés. Et puis, il y a tous ces intercesseurs: la petite Thérèse de Lisieux, saint Jean de la Croix, et Marie, la très sainte Mère de Dieu, et, bien entendu, notre Mère à tous. Grégoire, en ce début d'été 1957 avance au large comme le lui demande son Maître et le nôtre. Sa vie dès lors s'inscrit dans la stricte observance des jours et des heures. Comme tous les autres, il se voit affecté aux travaux qu'on lui indique, au jardin ou aux champs. Les Trappistes sont des "laborieux", comme le demande la Règle de saint Benoît, le Père des moines d'Occident. L'agriculture à l'époque représente une part importante de l'activité, elle ne manque pas de tâches en cette saison où mûrissent les moissons et les vendanges. Il y avait également les bêtes à soigner, et toutes les nécessités du jardin, dont le potager nourrit la communauté. Le travail n'empêche pas la louange, dans la mesure où justement elle se fait plus intérieure.

Chapitre VIII

Ce qui s'appelle un retournement

Son mode de vie est à l'image du retournement qui s'opère dans ce nouveau Frère. Le voilà appelé à obéir, lui qui n'en faisait qu'à sa tête, et qui n'avait rêvé dans son enfance que de grandir pour montrer de quoi il serait capable. À mesure qu'il avance dans sa connaissance de l'Évangile, il comprend ce que veut dire la parole du Christ à Pierre : « Quand tu étais jeune, tu allais où tu voulais, un autre, un jour, te conduira où tu ne pensais pas aller » (cf. Jn 21, 18). L'itinéraire qui s'ouvre à frère Grégoire est bien de cet ordre, et jusqu'au bout il lui faut aller. La pauvreté qui fait du moine un dépossédé n'est pas la plus évidente pour cet apprenti en vie religieuse qui avait si longtemps fait de l'argent son maître. La prison avait été certes une école de dépouillement, mais elle ne l'avait pas guéri de ses convoitises. Il ne rêvait que de s'échapper pour s'en procurer à nouveau, et à bon compte, pourquoi pas ? Puisque la société était pourrie, disait-il, quel mal y avait-il à prendre cet argent qui n'était que du "pognon", pour parler comme on le faisait dans le milieu, pour alléger sa conscience ou à ce qu'il en restait.

Au chapitre de la chasteté qui fait partie de ce qui a force de vœu dans l'engagement monastique, tout était tellement aux antipodes des pratiques de Jean Bernier que cela relevait tout simplement des impossibilités apparentes. Les désirs de la chair l'avaient poussé en effet jusqu'à faire commerce d'autrui, et de femmes dont il prétendait faire ses compagnes. L'appât du gain n'y était pas pour peu, évidemment. Mais renoncer à l'un et à l'autre, à la chair et à l'argent, n'était-ce pas présumer de soi-même? Probablement, si l'on se tient à l'humain. Mais, Grégoire, justement, entendait bien tirer un trait sur ce passé. Il était déjà assez familier de l'Évangile pour comprendre la parole du fils prodigue (Lc 15, 11-32), qui lui aussi aimait tout à la fois l'argent et la chair. Il avait dissipé les biens, nous est-il dit, avec des filles; c'est le portrait de feu Jean Bernier, dont la grâce allait faire frère Grégoire, témoin dès cette heure des promesses de Dieu en son Fils: « Quiconque croit en moi, fût-il mort, vivra » (Jn 11, 25). Le temps de l'"observant" dure plusieurs mois, durant lesquels le "regardant" se met lui-même à l'épreuve. Il mène la vie de ses frères, sans que ceux-ci sachent grand-chose de sa vie précédente. C'est en quelque sorte un secret entre lui et Dieu, son confesseur et Père spirituel aussi, bien sûr. La transparence dans un monastère vaut pour la vie au quotidien, pas celle qui a pu précéder et qui relève de cet inviolable qui est le fait de toute destinée humaine. Dieu lui-même, à ce qu'on dit, n'a pas de mémoire pour ce qui est de nos passés, nos perditions. Seules lui importent ces démarches de salut, qu'il est le seul à connaître en même temps qu'il en est l'inspirateur. Les blessures d'hier ont laissé des cicatrices dans ce frère Grégoire qui voudrait bien répudier ses anciens travers, ses comportements impulsifs pour commencer.

L'"envie de rentrer dedans", comme il disait jadis, le prend à nouveau parfois. Celui qui se trouve là, son Père Maître, ou un autre, en est averti. Le vieil homme ne meurt pas si facilement. Le tempérament ne disparaît pas, il en reste des séquelles, dont il faut se garder sous peine de les voir réapparaître. Son Père Maître et son assistant sont les propédeutes de Grégoire dans sa marche vers un accomplissement monastique.

Chaque jour, ils le voient, et le Père Abbé une fois par semaine, en général. Tous sont des aînés dans la vie monastique, mais pas tellement plus âgés, quand même ils ne sont pas plus jeunes. Grégoire les a prévenus des risques de son caractère imprévisible, mais il a un allié, l'Esprit saint, qu'il invoque chaque fois qu'il sent monter en lui des débordements. Ce qui tempère tout, c'est sa réceptivité. Il a tout à recevoir, et il y est disposé. Une fringale spirituelle l'habite. Il est insatiable comme tous ceux en qui l'amour de Dieu creuse un vide.

Ce qui le ravit tout spécialement dans la vie qui est maintenant la sienne, ce sont tous ces temps de lecture qu'on appelle la *lectio divina*, un terme qui n'appelle nulle traduction. Dès avant, il était un lecteur invétéré, mais ici, ce n'est plus seulement de lecture qu'il s'agit, mais de la Parole, et elle nous parle. Elle ne demande qu'à nous combler. C'est une pleine mesure que nous promet l'Évangile. Et Grégoire en emplit de pleins tabliers, comme promis par le Christ (cf. Lc 6, 38). Le jardin qui n'est pas un espace de plaisance, mais de labeur, a besoin de bras, et Grégoire ne rechigne pas aux travaux qu'il suppose. Sa grande taille trouve la terre bien basse, mais il le fait sans qu'on lui demande. Son Père Abbé lui rend quelquefois visite. À l'époque, il y a des vignes à Sainte-Marie, elles occupent leur monde quand c'est la saison des vendanges ou de la taille. La vie dans un monastère est bien occupée, mais au total assez peu variée. Avec une rigueur implacable, tout se répète, sans changements. On ne rentre pas là pour se divertir. Ce n'est pas pour cela que Grégoire s'est senti appelé en arrivant à Sainte-Marie. Le regard des autres n'a rien d'inquisitorial mais il prend un vrai poids d'exigences dans le cours des jours.

Chapitre IX

Donne-moi ta misère

Le miracle précisément, c'est que des hommes qui ne se sont pas choisis puissent vivre ainsi comme des frères, même si c'est à un prix de compréhension qui ne va pas de soi. La règle du silence facilite les choses puisqu'elle épargne toutes ces paroles inutiles qui ne contribuent pas à des échanges constructifs. La vie dans un cloître n'est pas à l'abri des mesquineries et des présupposés. La grâce, c'est le pardon, sans lequel nulle entente n'est possible. Détail important, la communauté est consultée et a son mot à dire quand un nouvel arrivant postule une admission éventuelle. Grégoire est dans ce cas au bout de ces mois où il était encore un postulant. On est en 1958, quand il en est à envisager, et la communauté avec lui, l'étape du noviciat qui est aussi celle d'une prise d'habit, dont la symbolique parle d'elle-même. Ce stade du noviciat n'est encore qu'un prélude, mais qui annonce et prépare le "oui" des vœux solennels.

On est dans l'ordre de l'apprentissage comme l'entend la société qui emploie volontiers le terme de "novice" pour désigner ceux qui n'ont pas fini leur apprentissage d'homme. Mais il y a quelque chose de grave dans ce temps du noviciat religieux. En présence de tous ses frères, le novice se revêt d'une coule qui l'identifie à ses frères. Cela ne suffit pas pour autant, car il est bien vrai que l'habit ne fait pas le moine. Mais il est signe de grande valeur pour ce Grégoire venu de si loin. La formation s'approfondit comme son être, qui se laisse modeler par Dieu dans cette vie communautaire à laquelle il est davantage intégré désormais.

La Règle de saint Benoît, dont le Père Abbé relit des passages à toutes les réunions de chapitre, est le diaire dont chacun tire profit, comme des générations de moines en Occident depuis des siècles qu'ils se mettent à son école. Dans les années où Grégoire entre à Sainte-Marie, la communauté n'est déjà plus si nombreuse. Une quarantaine de moines vit dans une proximité qui n'est pas promiscuité parce qu'elle est inspirée précisément. Les Trappistes sont des ermites qui vivent en communauté. Mais ils ne se retrouvent jamais vraiment seuls. Les rassemblements pour les Offices se font dans un impressionnant déploiement de coules. Les lieux du recueillement sont communautaires, les lieux de repos plus ou moins. Les dortoirs, au temps de Grégoire, sont des boxes qui séparent, sans isoler vraiment. Ce n'est pas pour dérouter Grégoire qui apprend l'efficacité de la prière silencieuse qui met en présence. « Le silence, observait-il un jour, est déjà adoration. » Ces *lectio divina*, il les ponctue de notes, les souligne, les enrichit d'observations. Ces livres de chevet sont tellement soulignés qu'il semble en avoir tout retenu. Cet apprenti va si vite dans ses découvertes qu'on perd souffle à le suivre. Son passé lui semble bien lointain, mais surtout il lui apparaît pour ce qu'il était : un leurre ! La vraie vie est autrement plus riche, si démunie qu'elle paraisse aux yeux de ceux qui ne jugent que sur les apparences. Grégoire n'est plus maître à bord de sa vie. Il la remet à quelqu'un d'Autre. Qui perd sa vie la gagne, nous assure l'Évangile (Mt 10, 39). Grégoire qui la perdait de bien d'autres façons, court le risque avec saint Benoît et ses disciples de se perdre pour se trouver, cette fois.

Il le fait avec cette ardeur de néophyte qui ne fait pas dans la nuance. Comme quelqu'un qui a beaucoup tardé, Grégoire veut rattraper. Il en vient à se demander si sa place ne serait pas parmi les Chartreux, dont la Règle lui parut encore plus exigeante, et surtout plus austère. L'amour de Dieu tient une telle place dans sa vie qu'il rêve de la lui faire encore plus grande. Comme il l'avait été dans le mal, Grégoire est l'homme du "toujours plus". Le Père Charles de Foucauld, que Grégoire ne connaissait pas alors, était pareillement un "fol en Christ", comme l'Esprit en suscite pour nous signifier l'Absolu de Dieu, à qui l'on n'a rien donné tant qu'on n'a pas tout donné. Grégoire ne va pas au bout de son rêve cartusien, parce que, sans doute, ce n'était finalement qu'un rêve, et que la vie, même à l'ombre d'un cloître passe par les humbles acquiescements du quotidien.

Le désir de mortification ne l'a toutefois pas quitté. Il le pousse à solliciter de son Père Abbé la permission de porter un cilice ou bien une chaîne pour partager quelque chose des souffrances du Christ. Le besoin de mortifier un corps qu'il trouve rebelle n'est pas pour peu dans sa requête. Grégoire soutient un combat dont il est bien le seul à savoir la nature. Le vieil homme en nous ne cesse pas aisément de nous soumettre à la tentation. Dom Jean de la Croix lui donne son accord, mais à condition qu'il trouve lui-même une chaînette. Les recherches dans l'environnement du monastère se révèlent infructueuses pour commencer, sa ténacité est payante néanmoins. Le Père Abbé l'appelle un jour pour lui remettre l'objet convoité qu'il venait de recevoir. Grégoire va le porter une année, le temps de maîtriser sans doute une chair indocile qui se souvenait de ses anciens débordements.

Grégoire qui n'était pas un tiède ne menait pas le combat à moitié. Sans concessions, il se voulait, et fut effectivement. À sa façon, Grégoire est un néophyte. Il en a toutes les impatiences. À Sainte-Marie, il est comme en territoire d'Évangile, dont la porte est Gethsémani. Il réalise au prix de quelle douleur son Maître l'a racheté, comme chacun de nous d'ailleurs. La différence, c'est ce passé de misère qui l'a mis en loque et amené dans sa prison à fondre en larmes. Le cœur de pierre est soudain devenu cœur de chair (cf. Ez 11, 19). À l'époque, et pendant très longtemps, Grégoire ne parle pas de son itinéraire. Il s'enfouit dans la miséricorde et le silence, dans le seul à seul avec Dieu qui suppose un abandon de tout instant. Le tout jeune moine qu'il est d'abord a tout à apprendre, à entendre surtout. Son souci de perfectionnement pourrait être, s'il n'y prenait garde, un péché de jeunesse. Bien plus tard, il écrira à ce sujet que « le perfectionnisme est une véritable plaie dans la vie spirituelle, une caricature de la sainteté. C'est même un danger, observe-t-il, pour les chrétiens qui recherchent l'union à Dieu. Il est vrai que dans l'Église du Christ, il y a des lois, des règles qui donnent des directions que l'on doit suivre et respecter, mais ce ne sont que des moyens. Je ne pense pas que le danger du perfectionnisme se trouve dans les préceptes ou dans les lois : ce serait plutôt une tendance au scrupule à ce qui est prescrit par l'Église.

« Le perfectionnisme, c'est autre chose. Il y a un état d'âme où le chrétien se croit capable d'accéder à la sainteté, par des efforts accomplis pour Dieu ; efforts pour lutter contre des défauts qui persistent. Où réside le danger d'un tel comportement ? C'est très simple :

on n'est jamais content de soi, ce qui en soi peut paraître bien ; on s'examine continuellement ; on se répète sans cesse qu'on est loin d'être parfait. Cet état d'âme peut nous sembler être de l'humilité, en fait on reste enfermé dans une introspection de soi-même, au lieu de tourner nos regards vers Jésus.

« Je reviens aux efforts, dit encore frère Grégoire. À quoi servent-ils puisque ce ne sont pas nos efforts qui vont changer nos mauvaises habitudes ? Quel est donc le véritable chemin de la sainteté, puisque ce ne sont pas nos efforts qui peuvent nous faire changer d'attitude ? Nos efforts vont nous montrer qu'ils sont à la fois nécessaires et inutiles. Dieu veut nous faire comprendre quand on tombe dans une faute et qu'on se relève et puis dans une autre circonstance on retombe à nouveau, que sans Lui nous sommes incapables de nous sauver.

« Mais essayons d'approfondir cette situation. On pourrait d'abord se dire : si je tombe continuellement, à quoi bon faire des efforts ? Ce ne peut être alors que le découragement de ceux qui sont tombés dans le piège du perfectionnisme. Qu'est-ce que Dieu veut nous dire à travers nos chutes, nos défauts qui nous collent à la peau ? Dieu veut nous dire ceci, et naturellement c'est une très grande grâce qu'il nous fait : "Tu vois, c'est seulement ta pauvreté qui est ta richesse, donne-moi ta misère ; tu n'as d'ailleurs rien d'autre à me donner. Je te donnerai ma sainteté ; je mettrai ma vie en toi. Laisse-toi faire, laisse-toi aimer. Ma miséricorde est plus grande que ta misère". Ce n'est qu'à partir de cette acceptation de notre misère que sa miséricorde pourra travailler à notre sainteté. Nous ne serons plus alors tournés vers nous-mêmes, mais tournés vers notre Jésus Sauveur. On ne gémira plus d'être imparfaits. On aimera notre misère. Se regarder autrement, c'est de l'amour-propre.

« Nous aurons définitivement le regard tourné vers Jésus. Nous regarderons Jésus dans tout ce qu'il est, dans tout ce qu'il a fait pour nous tous. C'est alors sa vie qui va nous changer, nous faire saints. Nous vivrons de plus en plus en Sa Présence. »

Avant de les consigner pour lui-même et bien d'autres, Grégoire a vécu toutes ces choses. L'expérience est son vrai livre de vie. Dans le milieu cistercien, il trouve ce qu'il pouvait espérer de mieux : un décentrement de soi-même qui n'est pas négation mais accueil. C'est en Présence qu'on se tient pour confesser comme Jean-Baptiste au Jourdain : « Il faut qu'il grandisse et que je diminue » (Jn 3, 30). Tout cela n'est pas affaire de mots si ce n'est dans la prière. Tout le reste est de l'ordre du silence qui n'est pas absence de communication, mais moyen de communion. Quand il n'était encore qu'un enfant nouveau-né, et plus tard un habitant de Nazareth parmi tant d'autres, Dieu n'a pas commencé par parler, il s'est enfoui dans la condition des hommes au point de passer inaperçu. Ou pire encore, d'être méconnu. « D'où lui vient cette sagesse ?, dira-t-on de lui quand il reviendra dans la synagogue de son enfance. Ses frères et ses sœurs ne sont-ils pas des nôtres ? » (cf. Mt 13, 54-56). On ne se fait pas moine pour être remarqué, mais pour se faire oublier. Grégoire s'y emploie de son mieux. Il n'a plus de contacts avec le monde extérieur, et il ne le recherche pas. Certains qui ne sont pas convaincus essaient de renouer. Ceux-là en sont restés au "grand Jacques" de jadis, avec lequel Grégoire n'a plus rien à voir. Des jours viendront où le moine confirmé dans sa vocation pourra revoir ceux de ces amis qui auront fait les dépassements nécessaires. Pour l'heure, ce n'est pas d'hier qu'il s'agit, mais du moment présent, dont Grégoire, comme ses frères, s'efforce de faire un “aujourd’hui de Dieu”. Le novice qu’est d’abord Grégoire n’a pas trop de tout son temps pour se laisser faire. À la mi-temps de sa vie, il redevient comme un enfant dont il aura toute la grâce sur la fin de ses jours. La vie à la trappe n’est pas sans rappeler à Grégoire l’époque où il était à Berlin, et où il travaillait au rythme des 3 x 8. Repos, travail, prière, ordonnent pareillement la vie des moines, avec la particularité de les appeler au service de la louange aux petites heures du jour. Tandis que les hommes sont encore en plein sommeil, les Trappistes commencent leur veille, par l’Office de la nuit. On est bien dans l’ordre de ce qui fut demandé aux disciples : « Veillez, et priez » (Mt 26, 41). Quiconque a pu assister, ne serait-ce qu’une fois, à cet Office de nuit, en garde un souvenir de plénitude. Ces hommes qui prennent sur leur sommeil pour se tenir là, ce n’est pas seulement en leur nom qu’ils le font, mais au nôtre à tous. Même et surtout peut-être au nom de ceux qui ont tout oublié, y compris qu’il est un Père des Cieux qui les aime et ne désespère jamais. On ne vient pas dans une trappe pour fuir le monde, mais pour l’habiter. Avec le matin, viennent le chant des Laudes, et la célébration de la messe qui est évidemment plus qu’un Office. Quand on en prend la mesure, on est au cœur de tout. Grégoire ne s’y était pas trompé quand, dans sa prison, il vivait la messe comme le moment le plus attendu de la semaine.

À la Trappe, c’est chaque jour que ce bonheur lui est donné, comme à tous ses frères. Dans ses premières années à la trappe, Grégoire est encore dans la catégorie des “convers” qui sont ordonnés aux travaux matériels. Ce n’est pas pour lui déplaire car de toute façon, il est moine à part entière ou sur le point de l’être. Avec les années approche le moment de faire ses vœux solennels qu’ont précédés des vœux temporaires. On est en 1964. Il y a sept ans déjà, que l'ancien bagnard a franchi le portail de Sainte-Marie du Désert, sans regret mais non pas sans combats. Qui s'en étonnerait pour peu qu'il sache que le combat spirituel est le plus rude de tous, comme le dit le poète. Dom Jean de la Croix est encore Père Abbé à Sainte-Marie du Désert, mais plus pour très longtemps, puisque l'Ordre l'appelle au service d'une autre abbaye, à Aiguebelle, dans la Drôme. Cela le mènera loin, jusqu'à prendre à Tibhirine la charge abbatiale d'une petite communauté, dont un jour le monde apprendra tout, dans une leçon de martyr qui devait porter au plus haut la parole du Golgotha : « Pardonne-leur, Père, ils ne savent pas ce qu'ils font » (Lc 23, 34). Avec Dom Jean de la Croix, Grégoire avait été à bonne école. Il le restera avec tous ses successeurs. Une communauté monastique, c'est en effet une continuité. L'humain et ses limites ne disparaissent pas évidemment. Grégoire s'en aperçoit à ses dépens parfois. Ce fut le cas quand il travaillait comme aide-jardinier sous la responsabilité d'un frère moine nommé Léon. Le long d'un fossé, ce frère Léon avait planté des osiers, sur lesquels il comptait pour confectionner des paniers. Mais ce frère Léon était lui-même sous la responsabilité d'un autre moine, du nom de Jean. Celui-ci donne à Grégoire consigne de couper ces osiers. Cela surprend ce dernier, mais en vertu de la règle d'obéissance, il s'exécute. Survient frère Léon qui prend son subordonné en flagrant délit de désobéissance à ce qui avait été convenu. Grégoire garde le silence, ce qui n'était guère dans sa nature. Il lui en coûte un blâme et de se voir astreint pendant une semaine à rester au fond de l'église, à l'écart de la communauté. Sans mot dire, il accepte la sanction imméritée. Thérèse de Lisieux avait connu des situations comparables dans son Carmel. Grégoire prenait en quelque sorte modèle sur elle, en cela comme en beaucoup de choses. La plus essentielle était cette voie d'enfance, que Grégoire tenait pour un "boulevard de ciel".

Une vie de moine dans l'austérité de son déroulement est faite de petits riens qui n'ont pas moins d'importance. « Une question m'est souvent posée, écrit Frère Grégoire : "À quoi sert une vie de moine ?". En apparence, elle n'est d'aucune utilité, disait-il. Pour moi, elle ne sert à rien, elle sert à Dieu. La prière a un rôle primordial dans la vie chrétienne. Ma vie de prière est donc louange à Dieu. Quand je suis uni au Christ dans la prière de l'Église, je me sens uni à tous mes frères, les hommes. Avec saint Paul, je peux dire : "Ce n'est plus moi qui vis, c'est le Christ qui vit en moi" (Ga 2, 20). Je confie tout à Dieu, en commençant par lui confier ma journée dès mon réveil. Quand tout débute à 04 h. du matin, c'est joie de chanter les merveilles de Dieu ». Cette prière en solitude n'est pas aussi solitaire qu'elle paraît. « Innombrables, souligne frère Grégoire, ceux que je rejoins. » Grégoire ne sort d'aucune grande école, mais la somme de ses lectures lui vaut d'être quelqu'un de très cultivé. Les livres étaient ses compagnons préférés en prison. Ils le sont encore plus depuis qu'il est devenu moine. C'est un livre, faut-il le rappeler, qui l'avait mis sur le chemin, et c'était un traité d'apologétique chrétienne. Étonnante concordance dans le cas de quelqu'un qui n'y était guère préparé. À l'abbaye, ses choix sont en consonance avec son être profond. Il lit Dom Marmion aussi bien que Thérèse de Lisieux, et tous les livres saints, la Bible, en particulier. Il a le cœur accordé, il n'a pas besoin de traités savants pour entrer dans l'intelligence des Écritures. Il se serait bien sûr vu sur le chemin d'Emmaüs, le soir, le cœur tout brûlant, à l'écoute de cet étrange passant qui expliquait les

Écritures à ses compagnons de route, et tout ce qu'elles avaient annoncé de lui (cf. Lc 24, 13-35). Pour tout autre qu'elle soit devenue, la vie de Grégoire n'est pas un long fleuve tranquille et apaisé. La Règle de saint Benoît lui fait l'effet au début d'un règlement, qui ne le dispose pas à l'accueillir volontiers. Mais ce qu'il en reçoit, au chapitre en particulier, le fait entrer dans une compréhension intérieure qui ne relève d'aucun légalisme.

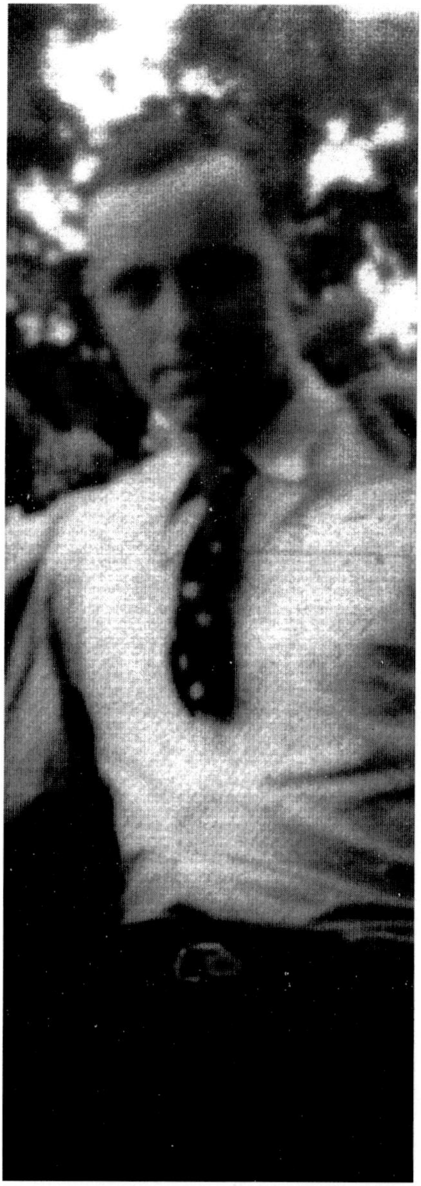

Jean Bernier au temps du « grand Jacques » où il jouait les séducteurs, « ses années avec le diable » dira-t-il plus tard.

Frère Grégoire aux jours de sainte Marie du désert quand il est devenu un moine accompli.

La citadelle saint Martin
à l'île de Ré,
là où Dieu l'attendait
et plus seulement des
geôles à répétitions.

Ange,
l'un des compagnons
de Jean Bernier qui
retombera hélas dans la
récidive à la fin de sa vie.

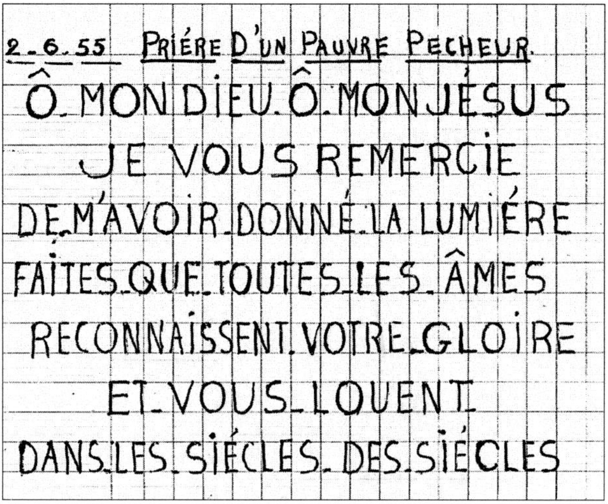

2-6-55 PRIÉRE D'UN PAUVRE PECHEUR

Ô MON DIEU Ô MON JÉSUS
JE VOUS REMERCIE
DE M'AVOIR DONNÉ LA LUMIÉRE
FAITES QUE TOUTES LES ÂMES
RECONNAISSENT VOTRE GLOIRE
ET VOUS LOUENT
DANS LES SIÉCLES DES SIÉCLES

Frère Grégoire : la prière du pécheur.

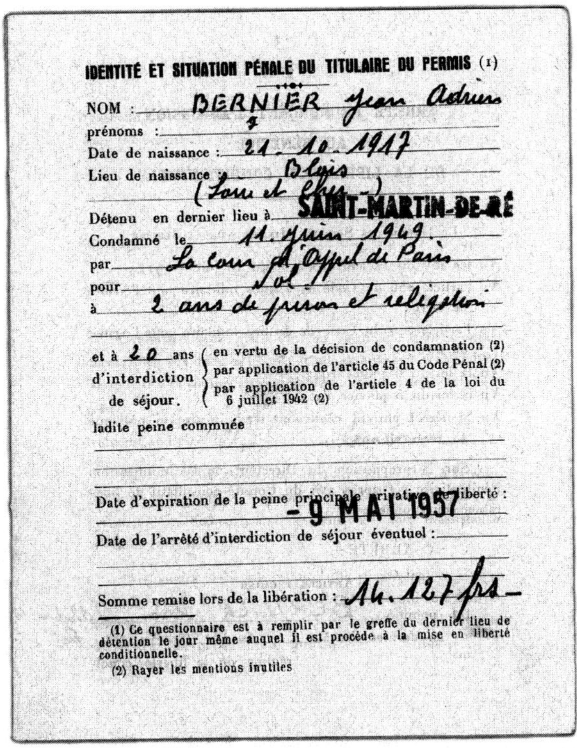

IDENTITÉ ET SITUATION PÉNALE DU TITULAIRE DU PERMIS (1)

NOM : BERNIER Jean Adrien
prénoms :
Date de naissance : 21. 10. 1917
Lieu de naissance : Blois (Loir et Cher)
Détenu en dernier lieu à SAINT-MARTIN-DE-RÉ
Condamné le 11 juin 1949.
par La cour d'Appel de Paris
pour Vol.
à 2 ans de prison et relégation

et à 20 ans d'interdiction de séjour. { en vertu de la décision de condamnation (2) / par application de l'article 45 du Code Pénal (2) / par application de l'article 4 de la loi du 6 juillet 1942 (2)

ladite peine commuée

Date d'expiration de la peine principale privative de liberté : -9 MAI 1957

Date de l'arrêté d'interdiction de séjour éventuel :

Somme remise lors de la libération : 14.127 frs

(1) Ce questionnaire est à remplir par le greffe du dernier lieu de détention le jour même auquel il est procédé à la mise en liberté conditionnelle.

(2) Rayer les mentions inutiles

Levée d'écrou.

Abbaye sainte Marie du désert : un tout autre horizon et cette fois de plénitude.

Frère Grégoire dans le cloître
de sainte Marie du désert :
l'homme de louange.

Le moine accompli dans ses fonctions d'hôtelier : l'homme de l'accueil.

Grégoire au vestiaire :
à l'heure de la mort ses mains garderont une mémoire de tisserand.

Grégoire et un des daims dont l'Abbaye faisait alors l'élevage : le chant de la création.

Grégoire et Frère Robert son infirmier qui fut jusqu'à l'extrême une douce présence.

Ultime contemplation : les fleurs et les oiseaux rendent grâce aux cieux.

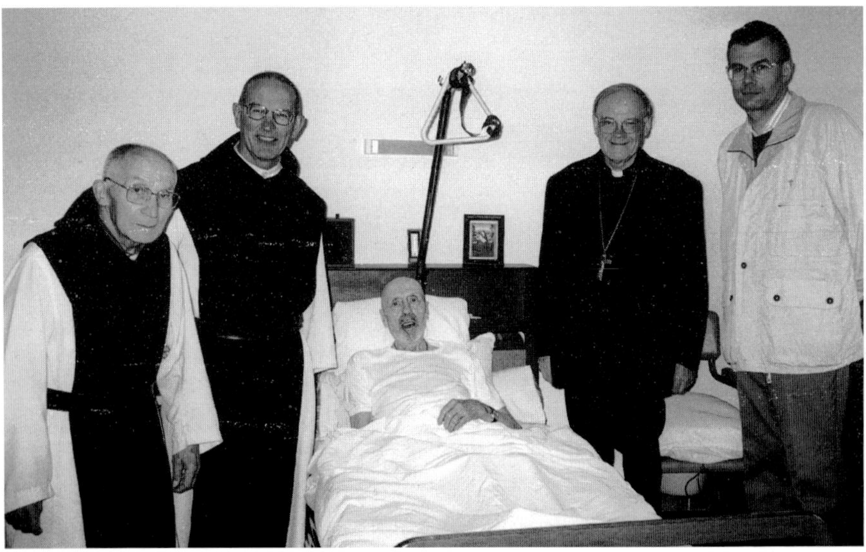

Frère Grégoire sur son lit de douleur entouré de son père abbé et de l'archevêque de Toulouse, d'un aumônier de prison et de l'un de ses frères.

Chapitre X

La solitude féconde

Grégoire est encore en début de parcours, et pas au bout de ses peines. Le souvenir des félicités d'autrefois vient le tourmenter, ce qui n'est pas pour surprendre. Ses premières années à l'abbaye ne l'exposaient pas à la tentation puisqu'il était isolé du monde. Mais il est des sollicitations anciennes qui se moquent des clôtures. Les commencements ne sont pas les plus simples, car les terrains de l'être ne sont pas tous assurés. Peut-on dire d'ailleurs, qu'ils le deviennent avec l'âge ? Un jour Grégoire écrira une belle page sur la chasteté, mais en attendant, il doit d'abord se consolider. « Être chaste, souligne-t-il plus tard, ce n'est pas le rester mais le devenir. » Le doute s'insinue en lui, alors qu'il en est encore à la période probatoire, avant ses vœux solennels en tout cas. De manière obsessionnelle quasiment, l'envie de partir le prend. Son Père Maître auquel il s'ouvre de cette tentation est stupéfait. Grégoire est prêt à partir sur le champ. Son interlocuteur lui demande de se donner au moins un temps de réflexion. Comme il connaît la dévotion à Marie de Grégoire, il lui conseille de la prier intensément, une semaine durant. Grégoire accepte et remplit scrupuleusement son contrat dans la prière. Au long des heures, on le voit souvent devant la statue de Marie. Rien ne se passe, l'envie de partir est toujours là. Tous ses Ave Maria semblaient avoir été vains. Le dernier jour, il s'adresse à Marie, en termes plus pressants, et surtout plus personnels : « Marie, dis-moi si je suis vraiment fait pour cette vie-là, sinon je pars ». À peine a-t-il eu le temps de formuler sa requête, une paix imprévisible s'empare de lui. Le calme se fait. C'est la réponse à la mise en demeure qu'il avait adressée à la Vierge.

Son Père Maître n'en est pas surpris, mais il doit aider Grégoire à comprendre. Depuis son retournement en prison, Grégoire était habité par la présence de Dieu. Soudain, un effacement s'opère. Il est comme laissé à lui-même, orphelin spirituellement en somme. À la vérité, Grégoire vit quelque chose de la situation des Apôtres quand leur Maître leur dit : « Il vous est bon que je m'en aille » (cf. Jn 16, 7). Souvent, par la suite, on demandera à frère Grégoire pourquoi il est à la trappe. « La question, répondait-il, se pose autrement. « Ce n'est pas pourquoi je suis ici, mais pour qui ? En arrivant, confie-t-il encore, j'ai senti que Dieu me voulait dans cette maison, tellement je m'y sentais chez moi. Le marin, revenu de loin, éprouve sans doute le même sentiment quand il arrive au port. Une trappe, c'est quelque chose du genre, mais c'est un port où l'on ne jette jamais l'ancre. » Même s'ils sont immobiles, les voyages intérieurs mènent très loin ceux qui embarquent. Il n'est pas étonnant qu'il y ait de la houle. Grégoire qui avait connu de grands déchaînements n'a pas accosté pour se mettre à l'abri. C'est le risque de la foi qu'on prend quand on entre dans une trappe. Ce risque-là, bien sûr, tous les chrétiens ont à le courir. Grégoire parle souvent du "tout ou rien de la foi". C'est bien précisément parce qu'il veut en faire le tout de sa vie qu'il est là, et pas pour se replier sur lui-même.

En solitude, c'est autre chose. Quand il est affecté à l'hôtellerie, d'abord comme adjoint, puis un jour comme responsable, il a charge d'accueillir les hôtes qui viennent à Sainte-Marie du Désert pour une retraite. Le monde qui a du mal à comprendre se laisse interroger par cette forme de vie, et le mystérieux rayonnement qui s'en dégage. L'hôtellerie est attenante à l'abbaye, et directement reliée à l'église. Les hôtes peuvent suivre la prière des moines.

Frère Grégoire ne choisit pas ses affectations, elles lui sont attribuées, comme à tous ses frères. Le travail ne lui fait pas peur, et il ne lui déplaît pas d'avoir à s'occuper des soins du jardin, des champs, de la vigne aussi bien que des chais de la cave, sans compter le vestiaire où il coupe la coule des moines et les entretient. L'accueil des hôtes n'est pas pour lui déplaire, bien qu'au début il craigne ces intrusions du dehors. Elles se révéleront riches d'échanges et d'amitiés. À ce moment-là, Grégoire sera suffisamment établi pour accueillir autrui sans avoir à le craindre. Les années ont passé, il a fait ses vœux temporaires d'abord, puis solennels, moment d'accomplissement que connaissent tous ceux qui disent "oui" pour la vie, que ce soit dans le mariage ou la vie religieuse. Ce "oui" suppose un choix qui en élimine d'autres. Vivre, c'est choisir, ou "être choisi", ce qui est plus exact, car l'appel ne vient pas de nous. Encore faut-il y répondre. Le temporaire des vœux n'a de sens qu'en regard du définitif, mais il ménage, et jusqu'au bout, les indispensables discernements. Ce n'est pas rien de s'engager pour toujours. « Car toujours dure longtemps », disait frère Jérôme[3] qui savait de quoi il parlait puisqu'il était lui-même moine cistercien à l'abbaye de Sept-Fons.

---

3. Père Jérôme, *Car toujours dure longtemps*, Le Sarment/Faillard, Paris, 1986.

L'essai est plutôt positif. Mais il reste à le confirmer. L'homme a beaucoup changé. Il a tourné le dos à son passé. Quoi qu'en pensent ceux qui restent au personnage carcéral d'antan, frère Grégoire devient de jour en jour l'homme nouveau à quoi il est appelé comme nous tous. Le vieil homme ne lâche pas prise si facilement. Frère Grégoire est sans illusions à cet égard. C'est parce qu'il sait sa faiblesse, qu'il se sait fort (cf. 2 Co 12, 10). Il écrit à ce propos un très beau texte qu'il suffit de citer:

« Dans ma vie chrétienne, c'est le paradoxe. D'une part, je fais l'expérience de ma faiblesse que je constate sans cesse, et d'autre part, cette faiblesse me donne l'assurance que la force de Dieu agit en moi (cf. 2 Co 12, 7-10). Se désoler, c'est la première réaction devant ma chute sur le chemin de la foi, surtout quand elle est imprévue. On se demande si l'on sortira un jour de ses mauvaises habitudes. Surtout s'il s'agit des péchés de la chair, de pulsions qui montent en nous, de pensées troubles qui nous envahissent brusquement. Cela ne veut pas dire pourtant que nous sommes coupables. Malgré tout, on peut s'y laisser prendre quand les sentiments de notre cœur sont encore si fragiles, et l'on risque alors de passer à l'acte pour satisfaire la chair. Si nous avons ces mauvaises habitudes, nous risquons de nous décourager, et pourtant on voudrait bien se débarrasser de ces défauts. Comment font donc les hommes et les femmes qui ont fait vœu de chasteté?

Il ne faut pas penser naïvement qu'après un retour à la foi, dans l'état de ceux qui se convertissent, les problèmes sexuels ne se posent plus. Tout n'est pas forcément facile, mais cela peut devenir une victoire. Lorsqu'on est tenté sur le plan de la chair, il n'y a pas à se décourager. C'est justement la preuve que nous sommes bien encore dans notre corps d'homme ou de femme. Des regards peuvent être source d'attirance, l'imagination se prend au jeu. De là naît le désir. Si la volonté capitule, tout peut alors s'enchaîner; il n'y a plus de résistance et passage à l'acte. Pour ce qui est de la gourmandise, c'est la même chose. Autre manière de se laisser piéger de façon plus subtile: la vaine gloire, la complaisance en soi-même, la soif des honneurs, se prévaloir de son savoir faire, l'orgueil de vouloir être considéré pour ses dons exceptionnels. Autant de pièges tendus à notre faible nature. Plus nous chercherons Dieu avec ferveur, plus nous ressentirons notre propre faiblesse. Mais cela ne doit pas me décourager. Saint Paul dit: "Qui me délivrera de ce corps qui me voue à la mort?" (Rm 7, 24). Pourquoi la mort et quelle mort? La séparation de Dieu. Quand on se suffit à soi-même, on devient esclave de ces défauts ancestraux. Nous devenons des morts vivants. Du moment que Dieu fait sa demeure en nous, il est logique que nous nous apercevions de notre faiblesse alors que nous voudrions être fort.

À travers ces chutes, Dieu qui est un bon Maître nous éduque et nous montre qu'avec nos propres forces nous serions incapables de nous en sortir. Et puis il se passe quelque chose de grand, c'est la grâce qui doit nous éclairer. Nous avons tous fait l'expérience d'une intervention divine dans notre vie. Parfois d'une façon très forte. Qu'est-ce que cela veut dire? Tout simplement c'est Jésus qui veut nous dire: "Cesse de te regarder toi-même. Regarde-moi. Qui regarde vers moi, resplendira! Je suis le Vivant". Pourquoi rester seul? Appelle-moi. Les pauvres de l'Évangile, que faisaient-ils sinon crier vers moi: "Jésus, fils de David, aie pitié de moi" (Lc 18, 38), ou bien: "Souviens-toi de moi dans ton Royaume" (cf. Lc 23, 42). Une fois pour toutes, il faut sortir de son moi, cesser de gémir sur sa propre misère. Je cite sainte Thérèse de l'Enfant-Jésus : "Le Tout-Puissant a fait en moi de grandes choses. Et la plus grande, c'est de m'avoir montré ma petitesse, ma pauvreté, mon impuissance à tout bien.

Le contraire de la désespérance, c'est la confiance". Il y a donc un remède. Je prie peut-être, mais de quelle manière ? Avec l'idée que je vais être exaucé ? Ou bien je me dis : Cela ne sert à rien si Dieu ne répond pas. Ce sont autant de mauvaises manières de prier. Dieu attend de nous une prière vraie, comme celle-ci : "Jésus, tu vois dans quelle misère je suis, dans quelle déchéance au besoin je suis tombé, viens m'arracher à cette passion humaine". Quand on tombe dans l'extrême, c'est qu'on a négligé le combat, peut-être aussi par manque de foi. Dès qu'une pensée pernicieuse ou abjecte assaille notre esprit, il faut donc appeler Jésus à grands cris. Si elle persiste, le nom de Jésus est un baume qui la chasse bien vite. Jésus est en nous, lui qui agit lorsque nous l'appelons. Il est victorieux en nous. Dans l'Évangile, Jésus guérissait les malades, il continue de même maintenant. Nous serons comme le guetteur. Aussitôt que la pensée étrangère et malsaine surgira, nous passerons à l'acte en appelant Jésus. Ils n'auront plus peur du combat. Beaucoup de chrétiens à la foi peu solide succombent ou abandonnent quand viennent les épreuves. Ils perdent patience, paniquent ou se révoltent. Parce qu'ils sont livrés à leurs propres idées, à leurs propres forces. Dans la parabole du semeur (cf. Mt 13, 4-23) Jésus montre bien pourquoi le chrétien succombe, sa foi n'a pas de solidité. Soyons des hommes et des femmes de foi, ayons confiance en Dieu et en son envoyé Jésus-Christ, Celui qui nous sauve. »

Le regard est à lui seul révélation à ce qui se passe dans ce frère Grégoire. Le bleu profond de son regard est reflet de son âme, et le sera encore plus quand sonnera son heure dernière et qu'il n'aura plus d'autre moyen de communiquer que ce regard épuré dans lequel on peut lire ce travail intérieur qui en fait quelqu'un d'autre. À la fleur de son âge, quand Bernier portait beau, il était séduisant, et souvent séducteur. Sous la coule, il est bien mieux que cela, il le deviendra de plus en plus, avec la grâce de Dieu. Comme en nous tous, il y a encore des accrocs. C'est en haillons qu'on va vers Dieu. L'important est d'aller. Grégoire a un bon pas. Lui qui avance, le voilà sous-maître des novices, chargé, au moins pour une part, de la formation des novices; Père maître, dit-on dans le langage monastique. Il a surtout mission d'introduire à la vie concrète des moines. Il veille en silence à l'exactitude qui ne supporte pas de retard dans une vie où tout est minuté.

On est dans les années 1960, alors que l'Église ouvre à Rome, et partout, portes et fenêtres au grand vent de l'Esprit. L'Abbé général de l'Ordre cistercien est à l'époque Dom Gabriel Sortais, un ancien de Bellefontaine, dans le Maine et Loire. C'est une puissante personnalité, l'homme de la réforme dans l'Ordre, comme dans toute l'Église. Frère Grégoire va faire ce passage. Le latin n'est plus la langue obligée de la liturgie. Ce n'est pas pour déplaire à Grégoire qui ne connaissait pas cette langue. À défaut, il en appréciait la beauté à laquelle s'accordait naturellement sa voix. L'habit également est unifié à la condition des moines. Il n'y a plus de "convers", plus de distinction entre les Frères. Tous se retrouvent au chœur. « Un seul rang, un seul habit, une même prière, chorale », c'est en peu de mots le sens d'une réforme qui allait faire date. Frère Grégoire s'y retrouve pleinement. C'est tout de même mieux, disait-il, de comprendre ce que l'on chante. » « Dieu n'a pas besoin de vos chants qui n'ajoutent rien à sa grandeur, disait aux moines l'archevêque de Toulouse, mais ceux-ci vous rapprochent de Lui. » La concélébration eucharistique se généralise, ce qui change des habitudes antérieures qui voulaient que chaque prêtre célèbre individuellement.

Dans ces années-là, le Père Abbé propose à frère Grégoire de seconder le frère hôtelier. La proposition ne l'emplit pas d'enthousiasme, car il apprécie la clôture qui lui semblait un facteur de liberté, et sa garantie aussi. Cette nouvelle charge l'appelle à en sortir, à faire brèche à une solitude bénie. Par obéissance, il accepte la charge qui se limite aux soins des chambres et du réfectoire. Il n'accueille pas les hôtes, pas encore. Il les sert à table. Pour cette raison, il prend lui-même ses repas après ses frères dans le grand réfectoire vide. Frère Grégoire s'aperçoit assez vite du caractère positif de sa charge. Loin de nuire à son intimité avec Dieu, ce service lui permet des échanges inespérés avec des hôtes qui, eux aussi, sont des chercheurs de Dieu. Réservé, mais chaleureux, Grégoire n'est pas indifférent à tous ces gens de passage. Il trouve le mot juste, la remarque bienveillante qui met en confiance le visiteur. Plusieurs années, Grégoire sera ainsi hôtelier, et à part entière assez vite. Mais les polyvalences qui sont de règle lui valent d'être appelé également au vestiaire où son adresse fait merveille pour tailler une coule, les vêtements de travail et de chœur des frères. La prison l'y avait préparé à l'Île de Ré, où il confectionnait des filets de pêche. Grégoire est maintenant inséré et comme immergé dans cette vie monastique, dans laquelle on le croirait un ressortissant de bien plus longue date. Ce n'est pas le cas, il lui reste un obstacle à franchir qui est rappel d'un passé de douleurs.

Chapitre XI

Non pour exprimer mais pour aimer

Un événement extérieur met frère Grégoire en porte-à-faux à l'endroit de ses frères. La société civile, et c'est un bonheur, consulte les citoyens dans des votes auxquels participent les moines évidemment. Par petits groupes, on les voit sortir pour gagner les bureaux de vote à la Mairie de leur village. Parmi eux, il y en a toujours un qui manque ; c'est Grégoire pour cause de casier judiciaire. Ses frères ne peuvent le deviner puisqu'ils n'en savent rien. Seuls le Père Abbé et le Père Maître sont au courant, et ils gardent, bien entendu le secret. Un frère qui n'apprécie pas les abstentions, en fait reproche à Grégoire. Le Père Maître met les choses au point, en défendant le droit de tout frère de ne pas voter. Ce n'est pas le plus grave pour frère Grégoire qui mesure les conséquences sur sa propre vie, des interdits civils dont il est l'objet. Tant que son casier judiciaire ne sera pas redevenu vierge, il ne pourra aller plus loin dans son engagement définitif, ses vœux solennels précisément. Il se voit contrarié dans ce qui est chez lui l'élan même de son âme. Depuis sa sortie de prison, Grégoire est suivi par une assistante sociale qui l'a pris en amitié, et lui fait confiance.

Mais une fois par mois, il doit se rendre à la gendarmerie de Cadours, la plus proche de l'abbaye, pour faire signer son carnet d'interdit de séjour. Le temps qui passe n'a pas atténué les soupçons. « Tiens-toi pénard, ne fais pas l'imbécile », lui répète-t-on. Les gendarmes en restent à la classification portée sur son carnet : "individu dangereux". À la différence de Dieu, la société a la mémoire longue et très dure. Le Père Abbé qui est sûr de son frère, finit par obtenir des gendarmes qu'ils viennent à l'abbaye. Il est présent lui-même à toutes leurs visites et se voit régulièrement mis en garde : « Faites attention, cet homme peut vous tromper ». Sans se démonter, le Père Abbé leur répond : « Je sais à quoi m'en tenir, c'est moi qui l'ai accueilli ». Frère Grégoire souffre de ces remarques désobligeantes, mais il ne s'y attarde pas. Il attend toutefois une réhabilitation qui le libérera de ces servitudes. Un jour où il passait à l'abbaye, un gendarme dubitatif s'adresse à frère Grégoire qu'il reconnaît : « Depuis combien de temps êtes-vous ici ? », lui demande-t-il. Le ton n'est plus le même, le vouvoiement en témoigne. Le Frère lui répond : « Dix ans ». Sans doute, avait-il vraiment cru, se dit-il en lui-même, que j'allais retomber. Arrivent enfin les délais prescrits par l'autorité judiciaire pour le rétablissement des droits civils des condamnés. Renseignement pris, frère Grégoire adresse une demande au tribunal de Toulouse. Peu après, il reçoit une convocation pour se rendre au Palais de justice, où il devra passer devant un tribunal ; date prévue : le 2 février, jour de la Présentation de Jésus au Temple. Jour mémorable, en vérité, que cette séance du tribunal pour l'ex Jean Bernier, dont les fréquentes comparutions devant tant d'autres tribunaux avaient toujours eu lieu dans le passé au titre d'accusé. Nous sommes en 1963. Durant cinq années, les gendarmes ont mené enquête, l'assistante sociale a établi des rapports, alors même qu'elle sympathisait de plus en plus avec l'ancien détenu, elle était garante du sérieux de ses aspirations à une vie complètement nouvelle au service de Dieu.

Frère Grégoire se sent maintenant empli d'une paix immense, dans la certitude que tout est bien et que de son passé trop chargé, il ne restera plus rien sur ses papiers. Ce jour-là, tout est signe positif sur le chemin de sa réconciliation avec les hommes qui suit son retour à Dieu. En compagnie de son Père Abbé, frère Grégoire arrive au tribunal vêtu de ses habits religieux. Ils entrent dans la salle dont la porte se ferme sur eux. La séance, en effet, doit se dérouler à huis clos. Même l'assistante sociale ne peut y assister. Le tribunal a la même composition que pour un passage en correctionnel : le président et ses deux assesseurs, le procureur, et son greffier. Mais cette fois, ce n'est plus un être dur et fermé, révolté et prêt à bondir qui leur fait face sur le banc des accusés. C'est à la barre des témoins que se tient Grégoire, droit, calme, sérieux, attentif. Le Président prend la parole et lui demande ce qu'il désire.

« Être relevé des peines qui figurent dans mon casier judiciaire », répond-il calmement. Commence alors la lecture de l'acte d'accusation, en vue de la réhabilitation. C'est la longue évocation de toutes les fautes accumulées au cours d'une vie de délinquance. Le Président fait lecture à voix basse d'une façon à peine audible, comme gêné devant ce moine au regard clair qui lui fait face en ce jour, avec une humilité tranquille. Lecture achevée, il se tourne vers le Procureur et lui demande : « Monsieur le Procureur, voyez-vous un inconvénient à la réhabilitation du Frère? » Le Procureur se lève et prenant alors la parole d'un ton solennel: « Messieurs de la Cour, en ce jour de la Purification de la Vierge Marie, on ne peut refuser cela au Frère ». Le Président se tourne vers lui et lui demande s'il a quelque chose à dire. Non sans une émotion contenue, la réponse jaillit, vraie et sincère: « Je remercie la Cour de sa bienveillance ». Jean Bernier est réhabilité, frère Grégoire peut lui succéder à part entière. La séance est levée. Tout le monde sort, et frère Grégoire retrouve l'assistante sociale qui attendait dans le couloir pour le féliciter. « C'est un beau jour », lui dit-elle en partageant sa joie.

Cette assistante sociale, dont le nom est Jeanne Cluzon, était bien placée pour mesurer le chemin parcouru. Elle se souvient de sa première rencontre avec ce Jean Bernier dont rien n'indiquait qu'il deviendrait un jour "frère Grégoire". On en était alors au Jean Bernier sorti de Saint-Martin de Ré en mai 1957, avec un certificat d'hébergement, signé par Dom Jean de la Croix, pour Bellegarde Sainte-Marie:

« Le dossier de libération conditionnelle que je reçois mentionne, sous la signature du directeur du fort qui détenait les relégués: "S'isole périodiquement pour se livrer à des méditations complexes". Il mentionnait quatorze condamnations, dont deux pour proxénétisme, les autres pour vols et cambriolages.

« Jean Bernier arrive aussitôt à Bellegarde et se présente au Comité d'assistance aux libérés, le lendemain. Fonctionnaire unique de ce service, c'est moi qui le reçois. Je ne doute que très brièvement de sa résolution de rester à l'Abbaye. Pourtant, je suis là depuis 1951, et déjà bien d'autres libérés m'ont fait croire à leur résolution d'y séjourner… pour s'en aller trois jours après.

« Six ans plus tard, le 2 février 1963, Il se présente à mon bureau en compagnie de Dom Jean de la Croix. Je n'ai jamais oublié notre passage, à tous les trois, dans les couloirs du Palais de justice où nous nous fîmes beaucoup remarquer. Frère Grégoire, très grand en coule noire, Dom Jean de la Croix, très grand et très imposant dans sa coule blanche, et moi-même qui suis très grande. Nous nous présentons devant le Premier président de la Cour d'appel, c'est pour l'entendre dire que Jean Bernier est réhabilité. Un autre magistrat qui avait beaucoup soutenu ce projet, se joint à nous. C'était Monsieur Suguet qui ayant appris par moi-même la situation de frère Grégoire, était allé plusieurs fois le voir à la Trappe et avait comme moi assisté à ses vœux. Il est aujourd'hui décédé.

« Quand j'ai changé de poste en 1968, j'ai continué à aller voir de temps en temps frère Grégoire. Rarement, je le regrette. Il y a deux ans, j'étais à la retraite depuis 1984, je suis encore allée le voir, et nous nous sommes retrouvés avec une profonde joie.

« Il avait parlé de moi à sa belle-sœur, femme d'un de ses frères, seul membre de sa famille qui ne l'avait jamais abandonné.

« Cette personne, qui habitait Blois, est allée en 1961 en pèlerinage à Rome. Au Vatican, dans un service dont je comprends bien qu'il s'agissait d'une agence commerciale, elle a demandé, pour frère Grégoire et son assistante (elle ne connaissait pas mon nom) une recommandation in *articulo mortis*. Quand j'ai revu Grégoire quelque temps plus tard, au printemps 1961, il m'a remis le texte de cette "recommandation à l'heure de la mort".

« Lorsque Grégoire est mort, je n'étais pas là, et je n'ai même pas pu assister à l'Office. J'étais malade, couchée avec les deux jambes fracturées. Aujourd'hui, à peu près rétablie, malgré mes 80 ans, j'ai voulu revenir à la Trappe, peut-être pour prier sur sa tombe, en tout cas pour témoigner ».

Cette réhabilitation faite, c'est le retour au monastère où la messe est célébrée à 11 heures. Frère Grégoire est empli de reconnaissance envers son Dieu, et aussi envers celui qui a bien voulu lui faire confiance ici-bas, son Père Abbé, qui l'a accompagné jusqu'à ce moment du pardon terrestre. Il peut enfin se tourner maintenant vers ce qui lui tient le plus à cœur : les vœux définitifs et la profession solennelle. Même si le changement était déjà effectué dans son âme, le voici officiellement né à une nouvelle vie où l'extérieur est en accord avec l'intérieur. Il se sent désormais pleinement l'égal de tous ses frères moines, aussi bien que des hommes de l'extérieur qui n'ont pas connu semblable épreuve. Naturellement, il a maintenant retrouvé le droit de voter, et c'est ce qu'il va faire dès que l'occasion se présentera. Le frère soupçonneux et réprobateur qui lui avait fait remontrance pour son abstention obligée, sans en connaître les causes, pensera avec satisfaction que ses reproches ont porté leur fruit et amené ce frère rebelle à remplir cette fois son devoir civique, ainsi en est-il des apparences. Un chapitre judiciaire se clôt définitivement pour ce qui est de frère Grégoire, feu Jean Bernier.

Mais comment ne pas entendre en écho la voix d'un juge qui écrivait à frère Grégoire, dont il se sentait proche :

« Juge de profession, ayant présidé cinq Cours d'assises différentes, Basse-Terre en Guadeloupe, Toulouse, Montauban, Albi et Foix, j'ai vu passer des dizaines "d'accusés".

« La difficulté du juge, serviteur de cette Administration qui porte le nom d'une vertu, c'est de pouvoir, à la fois comprendre, juger, peser et sanctionner. Le Pardon ne nous appartient pas. Ceux qui y croient diront qu'il est à Dieu, seul. J'ai pu observer qu'il appartenait parfois aux victimes, directes ou indirectes. Jamais au juge-fonctionnaire que je suis. En revanche, et çà ne lui est pas très difficile, l'homme peut toujours pardonner, excuser et comprendre. Mais le système l'amène à punir en même temps.

« En cinq ans, j'ai dû rencontrer environ 200 "criminels", assassins, meurtriers, violeurs, braqueurs. J'ai eu les moyens de sonder leurs reins et leurs cœurs. Quelquefois leurs consciences. J'ai fait en sorte que pendant les quelques journées pendant lesquelles ont duré leur procès, ils puissent conserver toute leur humanité. Chacun avait sa faille, sa faiblesse, celle qu'un jour, il n'avait ni su ni pu surmonter. Je me suis efforcé, toujours, de les respecter. Chaque fois, je me suis demandé ce qui avait pu faire qu'un jour ils se trouvent à la place qu'ils occupaient et moi à la mienne. Je n'ai jamais considéré, aussi horrible qu'ait pu être le crime qu'ils étaient accusés d'avoir commis, qu'ils puissent être d'une essence différente de la mienne.

« En tout cas, je réfute totalement avoir jamais jugé "avec passion" et j'ai tout fait pour aider ceux qui jugeaient avec moi, à ne pas le faire. J'ai la certitude d'y être, à chaque fois, parvenu. Je crois que tous ceux qui ont l'honneur de faire ce métier s'y efforcent.

« Je ne crois pas, au contraire, que tous ceux que j'ai rencontrés en ces occasions, se soient jamais sentis "écrasés"...

« Je ne fais pas de l'angélisme. Je sais bien ce que le "système" a d'imparfait. Je connais ses limites, ses erreurs, ses échecs, de bien rares réussites...

« J'en connais, pourtant, toi aussi, ce sont peut-être les mêmes... ce sont celles-là qui sont pleines d'espérances. Le mal aveugle les consciences, je suis bien d'accord... les certitudes aussi, quelquefois.

« Sans doute aurons-nous l'occasion de reparler de tout cela, par écrit ou de vive voix, si tu le veux bien. Je dois ajouter que tu as un grand avantage sur moi qui ai seulement pu effleurer, imaginer toutes ces détresses, alors que toi tu les as vécues.

« Je suis certain que nous nous rejoignons quelque part. »

Libéré de ces cruelles hypothèques, frère Grégoire ne l'est pas complètement encore. D'autres formalités sont à remplir, et cette fois, c'est le droit de l'Église qui les exige. Frère Grégoire doit fournir des lettres testimoniales qui attestent sa bonne conduite durant les années précédant son entrée au monastère.

Pour ce qui le concerne, ces attestations ne peuvent venir que des prisons, où il a séjourné avant d'entrer à l'abbaye. On devine que ces attestations ne sont pas flatteuses. Ces références-là ne sont guère habituelles dans les cloîtres. Mais à Sainte-Marie on sait à quoi s'en tenir. Ces obstacles levés, mais l'étaient-ils vraiment à ce stade ? Grégoire peut enfin s'engager dans la voie cistercienne à Sainte Marie-du-Désert. Jour solennel pour frère Grégoire. La date a son importance. C'est un 8 septembre, jour où l'on célèbre la Nativité de la Vierge que Grégoire vénère tendrement. La médaille de la rue du Bac ne l'a pas quitté depuis l'Île de Ré où un détenu la lui avait donnée. Il manque certes sa famille qui se trouve dispersée. Ce qui lui reste de frères et de sœurs n'a pu venir, une de ses nièces est en Syrie où elle est mariée à un médecin. Ce n'est pas signe d'oubli de la part de cette parenté qui garde au contraire mémoire de ce frère qui ne fut pas seulement prodigue.

Grégoire est malgré tout très entouré, par ses frères cisterciens bien entendu, mais également par ceux qui ont été les proches témoins du travail de Dieu en lui. Parmi ceux-là, il y a l'assistante sociale de Toulouse, le Président de la Cour d'appel de cette même ville et son épouse. Le voici maintenant revêtu de la même coule que ses frères. Prosterné la face contre terre, Grégoire, à cette heure, est l'image du consentement. Songe-t-il alors à cette phrase de saint Augustin : « En adhérant à Toi de tout moi-même, ma vie vivra d'être pleine de Toi ». Pour quelques mois seulement, Dom Jean de la Croix est encore Père Abbé. Il est bien placé pour rendre grâces, lui qui avait pris le risque de la foi avec cet homme dont il connaissait le passé et ses passifs. Sa jeunesse, il le confesse, n'était pas pour peu dans la confiance dont il faisait preuve.

Il avait tout juste 28 ans quand il avait été élu Père Abbé, ce qui était un âge inhabituel pour exercer une responsabilité qui fait de celui qui en est investi le Père de sa communauté. Avec l'humour qui lui est propre, le cardinal Saliège avait parlé d'un "Père Abbé au biberon". Dom Jean de la Croix était un peu plus jeune que Bernier quand celui-ci arriva à Sainte-Marie. Il n'ignore pas les difficultés, pour ne pas dire les impossibles d'une rédemption sociale, dans un cas comme celui de Bernier. Mais il a la foi, et il pressent un autre devenir avec cette sûreté d'appréciation qui fonde son jugement et sa décision. Il sait d'ailleurs canaliser les élans de Bernier. Tandis qu'il fait ses vœux solennels, Grégoire voudrait s'offrir en victime à l'amour miséricordieux. « La profession solennelle doit suffire, lui répond son Père Abbé, vos vœux forment un tout. » Sans renoncer à cette offrande, Grégoire se range à l'avis de Dom Jean de la Croix. Le désir persiste en lui, mais il sait attendre. Ce ne sont pas nos impatiences qui peuvent forcer la main de Dieu. Il est bien de soumettre nos aspirations à l'épreuve du temps. C'est ce que fait sagement frère Grégoire qui avance dans la vie spirituelle. En 1965, se produit l'inattendu. Dom Gabriel Sortais, l'Abbé d'Aiguebelle est nommé à la tête de l'Ordre. Aiguebelle, c'est l'abbaye-mère de Sainte-Marie du Désert. En 1852, ce sont en effet des moines venus de cette grande abbaye de la Drôme qui avaient fondé le Désert. En retour, un siècle plus tard, Aiguebelle fait appel à Dom Jean de la Croix pour devenir son Abbé. À sa place est élu le Père Adolphe, un thérésien, qui a lui-même fait acte de consécration à l'amour miséricordieux. Quand frère Grégoire lui renouvelle sa demande, il l'agrée.

Pour peu qu'un désir vienne vraiment de Dieu, il trouve en son temps le moyen de l'exaucer, constate Grégoire. L'homme a bien changé. Il est loin le temps où il allait où il voulait. Désormais, il s'en remet vraiment. L'un de ses frères, un jour, lui fait une remarque blessante. Il ne lui répond pas sur le même ton, mais s'efforce de lui pardonner, comme le demande l'Évangile. Il n'y arrive pas, selon une expérience assez commune. Lui vient à l'Esprit une parole de Jésus : « Sans moi, vous ne pouvez rien faire » (cf. Jn 15, 5). Grégoire alors l'implore : « Viens pardonner toi-même en moi, à mon frère. Tout seul, je ne puis y parvenir ». La paix qui l'envahit est réponse. Frère Grégoire peut aller à son frère, sans même avoir à lui rappeler l'incident. « C'est comme s'il s'était effacé », observe Grégoire, sans explications, qui d'ordinaire n'expliquent rien au demeurant. « Quand Dieu efface, c'est qu'il veut écrire autrement. » Dans la vie de Grégoire, il a beaucoup effacé. Dans un monastère comme partout, la vie commune a ses contraintes, et tout peut prendre des proportions si l'on n'y prend garde. Le regard des autres, celui qu'on porte sur eux, nous en apprend sur nous-mêmes. Il n'est pas toujours agréable d'en faire le constat. Frère Grégoire médite fréquemment l'épisode de Jésus endormi dans la barque. On ne songe à l'appeler que lorsqu'il y a péril (cf. Mt 8, 23-27). Contrairement à ce qu'on pense, Lui, il ne dort pas à nos côtés. Ce sont nos vigilances qui sommeillent. Frère Grégoire qui s'en nourrit est un familier des paroles évangéliques. Il sait que la terre et le ciel passeront, mais pas la Parole qui est là (cf. Mt 24, 35). Son écoute n'est pas indifférente à ce que devient Grégoire en sa disponibilité d'être. Alors qu'il se trouvait bien dans les tâches du vestiaire où son habilité le servait grandement, le Père Abbé lui propose de retourner à l'hôtellerie, mais cette fois pour en être le responsable. Le Père Bernard qui l'avait précédé souhaitait retourner en communauté. Frère Grégoire se montre tout d'abord hésitant. Ses vœux solennels le disposent plus à la vie cachée, mais il accepte, au moins à titre d'essai, sans abandonner pour autant le vestiaire. De quoi s'occuper, et plus que cela ! Comme hôtelier, frère Grégoire est au service d'autrui, mais pas de manière impersonnelle.

La plupart du temps, les hôtes sont ignorants de son histoire. Celui-ci n'en fait pas état, et encore moins étalage. Mais ce n'est pas en touriste qu'on vient dans une abbaye, pour y faire retraite ordinairement. Le frère hôtelier est celui à qui l'on s'adresse et auquel on se confie au besoin. Grégoire est amené à parler de la miséricorde, et la façon dont il le fait laisse deviner quelque chose de son expérience.

Chapitre XII

Délivre-moi de cette passion

Grégoire avance à pas comptés sur le chemin du partage. Peu à peu, il découvre que ce n'est pas de lui dont il doit parler, mais de ce que Dieu a fait pour lui. Quand Jésus délivre un possédé au pays des Géraséniens, il lui dit : « Va dire à tes frères, ce que Dieu a fait pour toi » (cf. Lc 8, 39). Grégoire qui a de l'oreille entend la recommandation pour lui-même. Le talent reçu, et la conversion en est un de taille, Grégoire ne l'enfouit pas, il le fait fructifier (cf. Mt 25, 14-30). Il ne se met pas en avant, c'est à Dieu qu'il renvoie.

Le monde finit par savoir ces trésors d'âme et de Royaume que recèle une abbaye qui n'est pas aux avant-scènes du monde. Cela finit par remonter aux oreilles de la télévision qui vient un jour planter ses caméras à Sainte-Marie du Désert pour donner voix à un moine sans importance, mais qui avait tellement à dire par ce qu'il était et qui dépassait les mots. Ce n'est pas dans une trappe qu'on abuse de la parole. Ce lieu reste un havre de silence. Grégoire, pas plus que ses frères en religion, ne se répandait en mots inutiles. Il répondait, et Grégoire était bien placé pour le faire dans cette hôtellerie qui tient portes ouvertes pour qui veut entrer, mais dans le respect de l'endroit et de ses finalités. Dans sa faiblesse, Grégoire s'en remet à une force intérieure qu'il puise, comme tous ses frères, dans la prière. C'est dans l'Évangile qu'il est indiqué: « priez sans cesse » (Lc 21, 36). Le cours des célébrations dans une abbaye y porte mais également les occupations. Rien n'est incompatible avec la prière dès lors qu'on en fait le souffle de sa vie. À la manière du pèlerin russe qui ne cessait de redire: « Jésus, fils du Dieu vivant, aie pitié de moi, pécheur ». Notre âme en nous se tient de veille, comme notre cœur qui ne cesse de battre, même quand tout en nous repose.

L'histoire des saints et leur enseignement marquent en profondeur frère Grégoire qui réalise chaque jour un peu mieux ce qu'il leur doit. C'est particulièrement vrai de Thérèse de Lisieux et de Jean de la Croix, mais de bien d'autres aussi. Fils de saint Bernard, comme tous les cisterciens, il se sent aussi en profonde affinité d'âme avec François d'Assise, le *Poverello*, qui avait tout reçu de Dieu et le savait Maître de l'impossible. Les saints qui ne se prennent pas pour des saints nous renvoient à l'unique sainteté de Dieu.

Dans une hymne que nous reprenons avec le *Gloria*, nous professons tout en quelques mots très forts: « Car toi seul es saint, toi seul es Seigneur, toi seul es le Très-Haut: Jésus-Christ avec le Saint-Esprit, dans la gloire de Dieu le Père ». On croirait entendre un écho de ce que le psalmiste nous fait chanter: « Non pas à nous, Seigneur, non pas à nous, mais à ton Nom tout honneur et toute gloire... » (Ps 115 [113B], 1). Grégoire ne se trompait pas sur lui-même. Le vieil homme n'avait pas renoncé à disparaître. Son tempérament impulsif et facilement violent demeurait, sans parler de sa fragilité qui le faisait vulnérable. Il s'en aperçoit durant l'année 1974, où une nouvelle tentation le met à l'épreuve. Dix ans plutôt, il avait connu quelque chose du genre, avec cette soudaine envie de tout quitter, de retourner dans le monde. Alors que sa valise était déjà prête, une ultime et pressante imploration à Marie l'avait amené à renoncer à ce projet. Il se pensait depuis lors à l'abri de semblables tentations. C'était présumer de ses forces qui ne peuvent suffire à nous garder de nous-mêmes.

Les choses commencent, comme souvent, de manière insidieuse. Une jeune femme étudiante en médecine séjourne à l'abbaye. Elle était agréable et profonde. Grégoire, qui est alors hôtelier, est touché par sa grâce. Il a fait des vœux certes, mais cela n'est pas une garantie tous risques contre les sentiments qui se révèlent, être amoureux en la circonstance. Frère Grégoire commence à perdre pied. Mais il n'abdique pas, et s'en ouvre à son Père spirituel comme à son Père Abbé. Leur conseil, si avisé fût-il, se révèle impuissant à conjurer la tentation. Grégoire qui reste lucide se tourne vers Jésus, son Maître. « J'ai prononcé des vœux définitifs. C'est Toi que j'ai choisi. Délivre-moi de cette passion. Je ne peux y parvenir à moi tout seul. » Comme la première fois, où il avait sollicité Marie de le garder de lui-même, une grande paix s'établit dans l'âme et l'être de Grégoire. Il est comme libéré intérieurement. Cela se fait sans rupture brutale. Grégoire ne retire pas à cette jeune femme son amitié. À l'un et à l'autre est donné de vivre cet épisode en vérité. L'appel à Jésus est au secret de ce dénouement, comme Dieu en a l'art, quand on le lui demande.

Si l'on savait recourir à l'essentiel dans les termes où le fit Grégoire, bien des désastres, peut-être, nous seraient épargnés. À quelque temps de là, Grégoire reçoit un groupe de retraitants auquel il confie ce que Dieu a fait pour lui, y compris en semblable circonstance.

Un prêtre faisait partie de ce groupe. Il se sentait directement concerné puisque lui-même faisait une expérience du même genre. Il devait bénir Grégoire d'avoir ainsi partagé à tous ce qu'il venait de vivre. Le service de l'hôtellerie dépasse décidément celui de la table. Dès son arrivée à Sainte-Marie Grégoire avait employé une expression qui résumait sa situation désormais : « Dieu, disait-il, a pris le volant de ma vie ». Grégoire ne l'a jamais repris. Ce n'est pas le moindre secret que nous livre une existence comme la sienne. On est loin du garçon en mal d'émancipation qui disait : « Quand je serai grand, je ferai ce que je voudrai ».

Dès lors qu'on accepte de se laisser conduire, on risque moins de se perdre. Pour autant, Grégoire n'oubliait pas ce qu'il avait pu connaître en chemin ou plutôt dans ces culs-de-sac qui s'appellent des prisons. Il garde le souci de ses frères de peine, et pas uniquement de ses anciens compagnons. Avec le temps, beaucoup de ceux-là ont été libérés, mais d'autres ont pris leurs places, et dans des conditions qui ne sont pas plus recevables. Les années 1980 en apportent la preuve avec ces rébellions dans l'univers pénitencier. Grégoire écrit aux plus hautes instances pour attirer leur attention et plaider pour la suppression de certaines pratiques dont il avait lui-même expérimenté le caractère inhumain. Le garde des sceaux est au besoin parmi ses correspondants attentifs. Il y a également un bulletin, qui s'intitule *La roulante*, et ce bulletin se veut messager d'espoir. Grégoire y apporte régulièrement une contribution appréciée. Il n'oublie pas de rappeler sa propre condition d'ancien détenu.

Un jour, il confie : « Chers amis de *La Roulante*. J'ai une belle histoire à vous faire partager, une très belle histoire vécue : cela se passe dans une prison que je ne citerai pas, et c'est un visiteur qui me l'a racontée. Ce visiteur rencontrait un détenu régulièrement, et le dimanche de temps en temps quand l'aumônier ne pouvait venir, il le remplaçait en faisant un commentaire de l'Évangile et en distribuant la communion. Le détenu qu'il visitait était toujours présent jusqu'à un certain dimanche où il n'était plus là. Le visiteur se renseigne, on lui dit : “Le gars a fait une dépression en apprenant que sa femme le trompait”. Quelque temps après, le visiteur demande à rencontrer le gars. On lui dit : “Impossible, il vient de faire une tentative de suicide”. Un peu plus tard, toujours un dimanche, il voit son gars à la chapelle, assis au premier rang, en pleine forme. Il lui dit : “Comment ça va ? – Très bien”, répond le gars. À la fin de la messe, il s'approche. “Explique-moi ce qui se passe, je te vois en pleine forme.”. Le gars raconte : “J'étais en pleine déprime, une nuit, j'ai fait un rêve. Je vois une femme à terre, à côté d'elle, un homme tout en blanc. Devant la femme, des hommes avec des pierres à la main, prêts à les lui jeter. Tu te rappelles quand tu nous as parlé de la femme adultère ? Eh bien, c'était pareil.” “Et après, qu'est-ce qu'il s'est passé ?”, lui demande son interlocuteur. “Je ne sais pas. Le réveil a sonné. Je me suis réveillé.” “Oui, mais après ?” “Je me suis senti entièrement guéri, et dans une grande paix, même joyeux. J'avais vraiment retrouvé la paix.” “Oui, c'est ce que tu as ressenti ?” “Eh bien, j'ai compris que je devais tout pardonner à ma femme, Dieu donne puissance à son peuple, Dieu le bénit en lui donnant la paix (Ps 29 [28])” ».

Chapitre XIII

Sœur de sang

Ce qu'on apprend de Grégoire lui vaut missives et visites. Entre autres, celle d'une femme bien placée pour comprendre, puisqu'elle vient elle-même du monde de la prostitution, et qui lui écrit, en 1989 : « Je quitte tout juste la trappe, et pourtant j'éprouve le besoin de t'écrire pour préciser un peu ce que je vis, notamment face à toi. Tu sais, le premier jour, quand tu as dit que tu avais mis des femmes sur le trottoir, j'ai éprouvé une haine folle. Et puis, plus tu parlais, plus cela s'apaisait. Ton humilité en parlant de l'œuvre de Dieu dans ta vie, la pureté de ton regard, alors, j'ai éprouvé une très grande tendresse fraternelle pour toi, et je t'ai raconté un peu ma vie. Cette rencontre a été pour moi source de libération.

Tu étais la preuve par neuf que la victoire appartient à Jésus. Après cette brève rencontre, je n'avais plus qu'un seul désir : Te revoir. Et en même temps, je n'osais pas trop venir, me demandant si tu me reconnaîtrais. J'avais vécu quelque chose de si fort avec toi que je n'aurais pas supporté que tu ne me reconnaisses pas. Ce ne fut pas le cas, j'étais heureuse de pouvoir parler avec toi. En venant, j'avais envie de partager plein de choses, et surtout de te poser des questions sur ton chemin avec le Seigneur. Comment avais-tu vécu ces années de don à Dieu? Tes combats rejoignaient-ils les miens? Quand tu m'as parlé de tes tentations qui parfois t'assaillent, moi, elles ne m'ont jamais quittées, et à certains moments, elles sont si fortes que je serais prête à faire n'importe quoi pour être possédée. Souvent mon corps n'est que cri, que de fois je n'arrive pas à espérer être pure un jour. Oh oui, je voudrais être toute à Jésus, mais les cicatrices sur mon corps et dans mon âme sont si nettes.

La pureté est-ce pour moi? Et pourtant, cela fait des années que j'ai en moi le désir d'être toute à Jésus. De l'épouser dans un engagement de vie religieuse. J'en suis si peu digne; j'ai peur qu'une fois avec un voile sur la tête, on me prenne pour quelqu'un de bien alors que j'étais si dépravée. Quand je te vois, sans le vouloir, tu as les mots qui apaisent les blessures de ma chair. Nous avons vécu le même genre de souffrances, chacun de notre côté de la barrière. Jésus nous a fait nous rencontrer. Pour moi, chaque partage est source de guérison et de paix. Tu aurais pu être la source de ma démolition, et le Seigneur t'a retiré de la mouise, pour que tu deviennes source de guérison. Nous avons partagé le même genre d'horreurs, chacun à notre façon.

Je me sens sœur de sang avec toi, et c'est le sang de Jésus qui nous a sauvés tous les deux. J'ai au fond de moi un désir auquel tu n'es pas obligé de répondre. J'aimerais qu'on puisse partager de temps en temps. Sans t'en rendre compte, tu as pris une place importante dans ma vie. Tu es la preuve que l'amour est plus fort que la haine, les humiliations et la destruction. Je sens que tu comprends de l'intérieur mes angoisses, mes peurs, mes soubresauts de souffrances anxieuses. Je ne te parlais de ce que j'avais vécu que pour partager mon admiration pour ce que le Seigneur m'avait donné de vivre avec Lui. Ne jamais Le larguer quoi qu'il arrive.

À certains moments, cela m'était si difficile de ne pas envisager d'utiliser ce corps que j'ai toujours à ma disposition. Mais voilà le problème : c'est que je sais maintenant qu'il est le temple de Dieu, ce corps, et qu'il est fait pour la louange et le don d'amour, c'est fou ! Je t'envoie une méditation du Cantique des Cantiques que le Seigneur m'avait fait la grâce de réaliser un jour. À gauche, tu as les versets auxquels je rapporte ma relecture, à travers ma vie. »

Et cette autre correspondance encore : « J'avais besoin pour me réconcilier avec les hommes de rencontrer un homme comme toi. Quelqu'un d'autre m'a beaucoup aidée, mais lui il n'avait pas vécu le gouffre que nous avons connu l'un et l'autre. Il était beau qu'un homme sorti du milieu, consacré à Dieu, m'aide à reprendre pied. Depuis que je partage avec toi, la haine du mal que j'avais emmagasinée au cours de mes années de souffrance tombe peu à peu. Tu me réconcilies avec les hommes, tous les hommes, et grâce à toi, je peux repenser à certains clients, sans violence, pleine de miséricorde pour eux. Pour moi, c'est une libération. Je remercie le Seigneur de m'avoir tirée de la boue, mais par contre, je n'arrive pas à me pardonner, tout ce que j'ai fait, Dieu me l'a pardonné, mais je n'arrive pas à oublier, à faire la paix avec moi, ce qui explique sans doute beaucoup de mes rechutes.

Si tu as le temps, tu peux demander à Jésus pour moi une grâce de paix et de pardon intérieurs. Le Seigneur m'a mis quelque chose sur le cœur face à toi. Quand tu me parlais des blessures intérieures que tu gardes encore, face aux femmes, tous ces souvenirs qui ont besoin de guérison. Là je me suis dit que j'aurais pu être de celles qui t'ont blessé, et profondément, si profondément qu'après trente-deux ans de vie avec Jésus la plaie reste sensible. J'ai su être tellement sadique avec les hommes, même sous couvert de caresses. J'ai meurtri et humilié leur cœur. J'aurais pu te faire souffrir, être à l'origine de tes blessures. Alors, je te demande pardon au nom de toutes celles qui t'ont blessé, meurtri. Le Seigneur a permis que ce ne soit pas moi, mais je sais que j'aurais été capable du pire. Pardonne-moi, pardonne-leur, en profondeur, à travers moi, je suis si complice, si proche d'elles parfois, grand frère, pardon pour tout ce qui t'a meurtri, fait souffrir, et dont les échardes restent plantées en ta chair ».

À ceux et celles qui désespèrent d'eux-mêmes et de leur faiblesse, Grégoire cite volontiers Thérèse de Lisieux: « Et si le bon Dieu vous veut faible et sans force, consentez donc à porter vos croix faiblement, et même à tomber, vous n'aurez que plus de mérite que si, porté par la grâce, vous accomplissiez des actions héroïques qui se remplissent vite d'amour-propre et d'orgueil ».

Un moine dont parlait volontiers frère Grégoire observe à juste titre qu'on ne prie pas avec des mots, mais en s'enfouissant dans le silence. Grégoire ne déroge pas à cette règle, même s'il est amené assez souvent à parler. Avec cette sagesse qui est le fait des grands, il souligne que prier ce n'est pas dicter à Dieu ce qu'il doit faire ni lui demander d'aligner ses vouloirs sur les nôtres. Prier, pour Grégoire, c'est se placer devant Dieu, comme un enfant devant son père. L'aspect le plus impressionnant de Grégoire dans les dernières années de sa vie, c'était son regard d'enfant, cet abandon à une autre volonté que la sienne. Il n'était pas le seul en son cas dans cette abbaye, où la vie fraternelle n'est pas un mot. Dans la durée de leurs jours, des hommes se tiennent là devant Dieu, et ils le font ensemble. Les aînés n'ont plus toujours le pas très allègre, mais ils sont fidèles à la prière, souvent à la limite de leurs forces. Ces anciens sont précieuses présences, vigiles inlassables. La fidélité de chacun répond de celle de tous. Ce sont des hommes habités qui ne comptent pas sur leurs forces mais sur la grâce.

On comprend qu'un Jean Bernier, dès son arrivée en ce lieu, ait éprouvé comme un choc. Il y fallait, bien entendu, un autre pouvoir que le sien pour aller au bout d'un chemin qui ne relevait pas des tracés habituels. Sainte-Marie du Désert est effectivement un désert, mais où coule de source l'Eau Vive, dont Jésus entretenait une femme de Samarie (cf. Jn 4, 1-42). Grégoire rend ce qui lui est donné, et sa charge d'hôtelier lui permet d'en rendre beaucoup. Un jour, il reçut une femme à qui il rapporta des bribes de sa propre histoire. Il lui laisse en partant une cassette où il en dit plus. Cette personne l'écoute à bord de sa voiture. Quelques jours après, frère Grégoire reçoit une lettre de cette retraitante, dans laquelle elle lui fait part de son bouleversement, suite à l'écoute de ses propos. « Plusieurs fois, écrit-elle, j'ai dû m'arrêter sur le bord de la route, tellement j'étais saisie et je pleurais. »

Ce qu'elle avait reçu à l'abbaye permet à cette personne de réaliser les blessures de sa vie. Depuis des années, elle était brouillée avec son frère, elle ne lui parlait plus. Une force intérieure la pousse à l'appeler aussitôt. « Viens, lui dit son frère, on t'attend. » Ceux qui étonnent le plus frère Grégoire, ce sont ceux qui disent qu'ils n'ont pas le temps de prier. Ce n'est pas sans rapport avec une attitude utilitaire qui fausse toute approche de la vie priante, et plus encore contemplative. On comprend volontiers l'abbé Pierre ou Mère Teresa, pas tellement les moines et leur besoin de solitude. « Qu'est-ce que votre prière monastique apporte au monde? », demandent les jeunes, et les moins jeunes. Frère Grégoire répond : « Je crois que la prière est mal comprise, surtout la prière des monastères. Pour certains, c'est une activité apparemment inutile.

Il y a confusion entre prière et action. On semble oublier que si l'action généreuse n'est pas nourrie de la prière, elle relève du dévouement purement humain. Où est la différence avec une action vraiment chrétienne ? J'ai des temps forts de prière. Très bien. Puis débute une journée de travail. Que se passe-t-il pendant tout ce temps? Suis-je pour autant séparé du Seigneur ? Pourquoi ne serait-il pas aussi au milieu de mes activités ? Sinon, je fais de mon travail mon affaire personnelle. Et je suis ainsi chrétien "séparé". Pourtant, je dois être chrétien en tout ce que je fais, saint Paul le dit fermement. Je vais donc confier mon travail à Jésus, et le faire avec lui. Dans tout ce que je fais, Dieu ne doit-il pas être présent, servi, consulté ? Jetons un coup d'œil sur les Hébreux libérés de l'esclavage des Égyptiens. Comme eux, nous sommes en pèlerinage. Comme eux, en marche vers la patrie, la terre promise : "Le ciel, la vie éternelle en Dieu". Les Hébreux ont des difficultés avec les Amalécites. C'est leur premier combat contre ce peuple. Que fait Moïse au livre de l'Exode (Ex 17, 8, -16), dans son combat contre Amalek ? Il dit à Aaron : "Montons sur la montagne, et prions tandis que Josué combat Amalek" (Ex 17, 10-12). Et bien sûr la victoire dépend de Dieu.

« On oublie souvent cela dans nos activités. Parce que c'est nous qui agissons, on croit que tout dépend de nous. Mon travail confié à Dieu, cela va m'aider à combattre les difficultés que je pourrais rencontrer. Dans le livre de l'Exode, je suis frappé de cette présence sensible de Dieu auprès du peuple hébreu, tout au long de sa marche dans le désert. Le jour et la nuit, les Hébreux sont précédés par la nuée lumineuse, preuve que Dieu accompagne sans cesse son peuple.

« Quant à nous chrétiens – par la foi, mais réellement – nous avons cette présence puisque Dieu habite en nous.

« Les Hébreux ramassaient chaque jour la manne mystérieuse : moi, j'ai bien davantage, puisque Jésus s'offre à moi quotidiennement, tout entier, corps et sang, dans son eucharistie.

« Nous ne devrions pas nous plaindre, puisque nous avons cette force de Dieu pour nous accompagner tout au long de notre pèlerinage terrestre. Ayons assez de foi et de reconnaissance pour croire que Dieu intervient bien des fois dans les difficultés de notre vie, en nous laissant en paix, signe caractéristique de sa présence. Ne gaspillons pas cette paix. Tournons-nous vers Jésus, il attend notre cri : "Jésus, j'ai confiance en toi".

« Ne jamais séparer action et prière.

« Socialement il est exact que je peux faire beaucoup de choses pour aider ceux qui sont en difficulté. Sur le plan humain, c'est de la solidarité. Mais si je me complais dans la beauté de mon geste, cela n'a aucune valeur aux yeux de Dieu. La prière monastique, qu'a-t-elle de particulier ? À première vue, il est vrai qu'elle paraît peu efficace. Mais il faut y regarder de plus près, essayer de dépasser les apparences qui sont parfois trompeuses. Je n'hésite pas à dire que c'est un pilier pour l'Église et un paratonnerre pour le monde. Comment cela ? D'abord il faut dire tout net que c'est une erreur d'établir des catégories entre chrétiens : "ceux qui sont voués à la prière et ceux qui mènent une vie active dans le monde".

N'oublions pas que, tous, nous sommes le Corps du Christ. Saint Paul le décrit bien quand il utilise l'image des différents membres d'un corps humain (cf. 1 Co 12, 12). Donc, malgré des charismes différents : tous unis, et tous témoins du Christ. Résultat : c'est le corps du Christ tout entier qui agit, c'est le Christ à travers nous – à travers l'action des chrétiens – qui poursuit sa mission dans le monde. Voilà en quoi consiste la prière des contemplatifs. Dans l'Évangile, Jésus dit à ses disciples : "Je suis avec vous jusqu'à la fin du monde" (Mt 28, 20). Assemblés en son nom, lorsque le moine se met en prière, c'est effectivement le Christ qui est là au milieu d'eux. C'est donc la prière de toute l'Église, et chacun de nous peut dire : "C'est ma prière", et pourtant, en même temps, je prête ma voix à l'Esprit Saint qui prie avec moi, en moi, de façon ineffable.

« Un regard sur notre vie de prière bouleverse tout ce que le monde peut imaginer de l'utilité d'une communauté monastique en prière. La prière monastique est en même temps la prière de l'Église, mais en vérité, c'est la prière du Christ à Dieu son Père. En effet, si le Christ habite en chacun de nous, si l'Esprit-Saint prie à travers nous, notre prière est vraiment celle du Christ à Dieu, notre Père.

« La question : "Qu'est-ce que la prière des moines apporte au monde ?" devient inutile et futile. Jetons un œil sur le livre de l'Exode. Comment Dieu combat, comment il intervient à la prière de Moïse. Libéré de l'esclavage de l'Égypte, le peuple hébreu, rencontre des difficultés. Il doit combattre des peuples qu'il a mission d'exterminer, mais c'est Dieu qui donne la victoire.

Soyons donc sans illusion : Dans notre vie chrétienne, nous avons à mener un combat spirituel, à lutter contre des ennemis visibles et invisibles, nos propres défauts, nos passions, notre imagination galopante. Mais Jésus est là, et si nous l'appelons lorsque des pensées perverses font rage, tout rentre dans l'ordre. N'oublions pas que la guérison des souvenirs peut-être implorée dans la prière. Relisons à ce propos, ce que nous dit saint Pierre dans sa Première Lettre (5, 8-9, on dirait également le psaume XIX [18] de David. Vraiment, c'est Dieu, appelé dans la prière, qui nous emplit de sa force (Dt 20, 1-9) ».

Il s'en faut évidemment qu'un parcours aussi singulier que celui de Grégoire soit admis par tous. Une dame bien placée dans la société dit un jour à haute voix devant frère Grégoire : « Je croyais qu'il n'y avait ici que des gens bien, et d'ajouter sur un ton sans appel : Vous devez expier tout cela maintenant ». On n'est pas précisément dans l'ordre de l'Évangile qui nous prescrit de ne pas juger pour n'être pas jugé nous-mêmes (cf. Mt 7, 1). Quand quelqu'un a payé ce qu'on appelle “sa dette à la société”, il est en droit, dit-on, de s'estimer quitte. Depuis qu'il est devenu chrétien, Grégoire sait bien que c'est un Autre qui l'a acquitté de cette dette. Et cet Autre, c'est le Seigneur Jésus qui est devenu le Nom de sa vie, et pareillement de la nôtre. La pécheresse qui se répand en larmes aux pieds de Jésus savait ce qu'il en était de son état. Mais parce qu'elle avait beaucoup aimé, il lui était pardonné (cf. Lc 7, 36-50). Ce ne sont pas les bien-portants, ou ceux qui se prennent pour tels, que Jésus est venu guérir, mais les malades (cf. Mt 9, 12). Et dans les prisons, il y en a beaucoup, il n'y a même que ceux-là.

C'en était bien assez pour que Grégoire ne les oublie pas et n'en rougisse pas davantage. Ce Frère avait une âme mariale. Chaque jour, comme le recommande Marie elle-même, on le voyait réciter son chapelet dans le cloître, après l'Office de nuit. Un petit matin, après l'oraison, il est saisi plus encore qu'à l'habitude par les souffrances du Christ en croix. Il en est bouleversé, comme s'il était avec Marie et le disciple bien-aimé au Golgotha. Il éprouve un sentiment mêlé d'angoisse, de tristesse, de compassion. Intérieurement, il s'offre avec plus d'intensité encore à l'amour miséricordieux auquel il s'est consacré. La nuit qui suivit ne fit guère place au sommeil, Grégoire ne cessait de répéter: « Pour Toi, pour les pécheurs, je veux tout ce que Tu veux, pour Ta gloire et le salut des âmes ».

Le lendemain, frère Grégoire était comme absent à ce qui l'entourait, tout occupé de Lui qui était là. « J'ai vraiment vécu une rencontre en ces heures », devait-il confier. Il en fut de la sorte trois jours durant. Parce qu'il ne voulait rien retenir, Grégoire alla même jusqu'à dire: « Je te donne mon cœur ». Le soir même, il ressentait une violente douleur au cœur. Sa poitrine était prise dans un étau. Au matin, tout rentre dans l'ordre. Il avait été donné à Grégoire de connaître trois jours d'agonie, l'indicible en un mot. Dans le secret de son être le plus profond, Grégoire fait remise à Dieu de tout lui-même.

« Qu'est-ce que vous apportez au monde? », lui demandait un jour un jeune. Comment répondre en des termes qui passent les mots? « Quand nous chantons l'Office divin, notait Grégoire, c'est bien sûr moi qui chante, mais à la vérité, je donne ma voix à l'Esprit Saint qui est en moi, et avec moi prie et loue mon Père des Cieux. Je n'ai pas à me préoccuper d'une quelconque efficacité. La prière est essentiellement tournée vers Dieu. Jésus prie en moi, je ne perçois pas sa présence, mais je la sais. » Ce frère dont les années courbaient la haute silhouette avait un rayonnement qui était au-delà de l'explicable.

Une personnalité a toujours quelque chose d'incomparable, et surtout quand ce quelque chose vient de Dieu et en est signe. Dans une lointaine prison au Cameroun un être fut touché par frère Grégoire, dont il ne connaissait pourtant que des écrits. C'était un condamné à mort qui attendait son exécution, les chaînes aux pieds. On l'avait ainsi enchaîné à la suite d'une tentative d'évasion. Cet homme n'avait plus rien à espérer sur terre, mais il rendait grâce pour ce qu'il avait reçu de quelques écrits de Grégoire. Rien de plus émouvant que le courrier que recevait ce frère trappiste, en provenance des prisons. Cette lettre, par exemple, que lui adresse un jour un jeune qui a cherché son chemin dans bien des directions dont la plupart étaient sans issue. Expérience assez courante dans un monde où les repères se sont estompés.

Emprisonné depuis plusieurs mois pour un meurtre dont il se jure innocent, il avait depuis lors entendu parler de frère Grégoire et lui écrivait : « Savez-vous combien parfois les larmes coulent sur mes joues ? Il y a des moments où je suis tenté de tout abandonner. Savez-vous ce qu'implique la tristesse profonde ? Pourtant je crois, j'essaie de prier. Mais pour tout vous dire, je ne sais plus prier. Seuls les psaumes sont des secours, et quelquefois la prière du pauvre. Frère Grégoire, je suis de ceux qui aimeraient vous connaître. Vous avez succombé au monde, vous voici dans le cœur même de l'Église priant pour nous, pour vos frères, pour les souffrants. En fait, je crois que l'Esprit Saint agira. Mais je ne sais encore comment. Frère Grégoire, vous croulez sous les fardeaux dont nous vous accablons. Mais je veux vous dire merci. Je vous assure de ma gratitude. Au fond, je suis un jeune sensible, aimant la Cour céleste, altruiste. Mais ma foi s'est éparpillée. Je sais qu'au long de ce chemin, un moine, un frère en Christ et en Marie, tend sa main vers les démunis, les pauvres. Je suis un désemparé qui se demande que faire. Ce matin, nous avons eu la messe à la prison. Une parole m'a impressionné : pardonner. Frère, je vous en prie, aidez-moi. Pourriez-vous m'envoyer une image de Marie, et si possible de votre monastère ? Je vous assure de mon amitié en Christ et en sa Mère ».

Chapitre XIV

L'adresse de l'Espérance

Des appels de ce genre, Grégoire en reçoit des centaines et qui montent comme autant de cris vers le ciel. Quand les hommes ont épuisé tous les recours, leur reste ce lieu de prière qui est pour eux l'adresse même de l'espérance. Frère Grégoire et ses frères, inséparables les uns des autres, sont des demeures, des vigiles. Ce n'est pas pour rien que les Trappistes se lèvent de nuit. Manière de devancer l'aurore pour mieux l'annoncer. Ce qu'on peut dire de Grégoire, on pourrait l'écrire de tous ses frères qui sont autant d'existences consumées à l'obscur. Sainte-Marie du Désert est une leçon silencieuse. Ce qu'elle nous rappelle, c'est cette longue solidarité des générations qu'on nomme la communion des saints. Le cimetière des moines, où repose aujourd'hui frère Grégoire, ne s'inscrit pas par hasard au cœur même de ce lieu, à l'ombre d'un cloître d'où tant de prières sont montées vers Dieu. Ce voisinage des vivants et des morts n'a rien de morbide. Frère Grégoire notait à ce propos: « Réflexion ce matin, en sortant de l'église, et en passant devant le cimetière où reposent nos frères. Le monde païen devant la croix éprouve une sorte de répulsion car elle lui rappelle la mort, et lui ne pense qu'à la vie.

Un cimetière pour qui ne croit pas est source d'angoisse, et l'Église est un signe de répulsion. On se détourne d'un convoi funéraire, comme on fuit l'angoisse et la torpeur. Seule la vie, si fugitive soit-elle, est attachante. Tandis que pour nous chrétiens, poursuivait frère Grégoire, la mort est joyeuse, douce. La croix est notre amour. La mort nous retire du monde, nous fait justement passer à la vie, l'éternelle, dans la gloire et la miséricorde du Dieu tout-puissant ».

Il faut être soi-même revenu de ce pays de la mort pour oser des mots comme ceux-là. Car il est trop vrai que la mort est aussi violence, et qu'il faut être Bernanos ou Grégoire pour regarder pareillement en face la mort, et tout ce qui précède. La “très sainte agonie”, comme fait dire Bernanos à la prieure des Carmélites de Compiègne. Ce que frère Robert nous relate des derniers mois de Grégoire sur la terre prouve que pour lui également ce ne fut pas si simple de mourir.

Mais il était soutenu par ses frères, ceux d'hier et ceux d'aujourd'hui. La prière entre autres de Joseph Cassant[4], ce jeune moine qui mourut, si l'on peut dire, avant d'avoir vécu, dans sa 25e année et une sorte d'incandescence de foi. « Tout pour Jésus », tel était sa devise et elle en fit un être sans partage. L'Église tient déjà pour vénérable ce petit frère qui n'avait pas reçu tous les dons qui font des êtres en vue aux yeux du monde. Il avait reçu mieux que cela, un amour comme en confessait Pierre sur les rives du lac aux grandes heures de la Résurrection : « Toi qui sais tout, tu sais bien que je t'aime » (Jn 21, 17).

Qui sait le lien mystérieux qui s'est établi entre Cassant et Grégoire dès l'instant où un Père Abbé

---

4. Robert Masson, *Joseph Cassant, les inaperçus de Dieu*, Éd. Parole et Silence, St-Maur, 2001.

accueillit sur le quai d'une gare sans prestige quelqu'un qui ne se savait pas attendu à ce point. Cassant semblait être d'avant la chute, Grégoire s'en relevait tout juste. Mais ce qu'ils nous disent, ces deux-là, c'est bien ce qu'entendirent les sœurs de Lazare au bord d'un tombeau : « Quiconque croit en moi vivra, fut-il mort » (Jn 11, 25). En venant à Sainte-Marie, l'ancien bagnard ne cherchait pas à s'enfuir mais à se trouver. À se laisser trouver, pour être exact. Son Père Abbé l'avait prévenu : « Ce ne sera pas facile ». Cela ne pouvait l'être à la vérité. À deux reprises au moins, il fut au bord de l'insurmontable. Mais Dieu qui est plus grand que notre cœur n'avait pas déserté le sien. Grégoire savait en qui il avait cru, il n'était pas un être de demi-mesure. Grégoire fut, comme d'autres s'efforcent de l'être ailleurs, un chrétien à plein-temps. Il écrivait à ce sujet : « Ma vie active que ce soit dans un monastère ou dans la vie sociale, doit être dans une continuité avec ma vie de prière. Je suis chrétien à plein-temps. Jésus est constamment présent en moi, il agit en moi, en toutes circonstances, aussi bien dans la louange que lors de la prière communautaire ou mes occupations matérielles.

Ma vie chrétienne en tant que moine ou simplement comme chrétien devrait être ou devrait devenir une louange à Dieu continuelle. Tout sera alors changé dans nos occupations. Pourquoi cela ? Parce que je serai sans cesse à l'écoute de ce que Dieu veut de moi, sans agitation si je me confie à lui. Je lui dirai alors : "Jésus que veux-tu que je fasse ?" Quand j'aurai un travail à accomplir, je lui dirai non pas : "Je vais faire cela", mais : "Jésus, nous allons faire cela".

Il ne nous répondra pas nécessairement, mais il peut m'inspirer les attitudes à prendre. Et comment saurai-je que c'est lui qui m'inspire ces pensées-là ?

Parce que d'abord je lui aurai confié la situation en lui demandant ce que je dois faire ou bien si je dois répondre aux demandes qui me sont adressées. La pensée qui va surgir en moi que je n'ai pas cherchée ne correspondra peut-être pas à la demande. Elle pourra paraître contradictoire. Mais elle sera tellement subite qu'elle fera tilt dans mon esprit. Elle sera claire comme une véritable conviction, sans hésitation, dans le calme et la paix. Il y a parfois une distinction avec une pensée qui nous précipite, tellement la pensée nous paraît bonne. Cela peut arriver à l'occasion d'un problème que l'on veut résoudre, sans l'avoir confié à l'avance à Dieu.

Être "chrétien à plein-temps", c'est ne pas séparer la prière de nos activités. Si, au contraire, nous agissons autrement, nous faisons de nos propres activités nos affaires personnelles. Nous rencontrerons alors des difficultés qui font partie de toute vie. Nous nous agiterons, nous nous révolterons. On tombera facilement dans le piège de l'activisme. Nous oublions que le moindre détail de nos vies est sous le regard de Dieu, qu'Il est Lui-même dans tout événement, qu'Il intervient en tous, même en ceux qui ne Le connaissent pas. Dieu est présent dans les moindres détails de nos vies. Il y a donc dans cet état d'esprit d'indépendance vis-à-vis de Dieu un grand risque d'abandonner la vie de prière. C'est un piège subtil, mais toujours notre propre jugement, qui veut décider de tout, se laisse prendre aux décisions personnelles. Nous nous disons à nous-mêmes les idées qui nous semblent bonnes. Mais c'est un discernement faussé. Oui, nous faisons un discernement, mais sans la référence à Dieu. Combien de chrétiens, hélas, se laissent prendre à ce jeu dangereux pour leur foi. Pourquoi? Parce qu'ils n'ont pas fait le lien entre leur vie de prière, union à

Dieu, et sa continuité dans leur vie active. Tant qu'on sépare les deux réalités de notre vie de foi, on se trouvera sans cesse affronté seul avec le combat de la vie.

On se laissera submerger par des pensées de toutes sortes. Si l'on discute avec ses pensées, si l'on se laisse envahir, c'est le cœur qui sera pris. Les pensées peu à peu déborderont dans toute notre affectivité, nos sens prendront le dessus, on sera finalement vaincu par la passion. Ce sera peut-être une attirance très forte de la chair du côté sexuel, ou une satisfaction du corps, par exemple, ou encore des gourmandises de toutes sortes, des excès de table, de boisson, de paroles. C'est à partir de ce moment-là que l'habitude s'acquiert. La volonté alors devient faible. Elle ne peut plus réagir, tellement l'attrait de ce qui l'attire est le plus fort.

Mais rien n'est perdu si l'on réagit, même après une chute, pour retrouver le goût de Dieu dans la prière, cette présence de Dieu qui attend l'enfant prodigue. Cette épreuve aura été bénéfique. Elle nous fera prendre conscience que sans Dieu, par nous-mêmes, nous sommes incapables d'agir avec persévérance. Elle prendra conscience, avec la grâce de Dieu, de notre pauvreté. L'esprit de Jésus nous fera saisir que le combat est impossible pour résister aux pensées mauvaises, à tout ce qui peut souiller notre cœur. Alors, on pourra, avec confiance, accomplir avec Jésus nos activités, les faire avec Lui. C'est cela le plus important. Jésus agira en nous, et avec nous, avec sa force.

En conclusion : La vie intérieure, la vie d'union avec Jésus, voilà notre vie, la vraie vie chrétienne. Autrement, le danger est de rester et de s'en tenir à une simple pratique. Cela pourra s'appeler du conformisme : “Je suis en règle, je remplis mon devoir de chrétien”. Je comprends pourquoi tant de chrétiens abandonnent leur vie de foi et se laissent prendre par la vie de consommation.

Ces chrétiens-là trouvent des raisons simplistes. Que la vie, que la messe est monotone. Il leur faut de belles messes, de beaux chants, qui sont certes nécessaires. Mais la vie chrétienne est une union d'amour avec Dieu notre Père, avec son Fils Jésus-Christ, avec l'Esprit Saint qui est l'amour du Père et du Fils. Voilà où est notre vie, notre paix, notre joie. La Vierge Marie, Mère de Dieu, fait aussi partie du plan de salut de Dieu. Elle tient une grande place dans notre vie chrétienne puisqu'elle est la mère de Jésus, Mère de Dieu, notre Mère ».

Frère Grégoire qui était un grand lecteur avait, entre autres, retenu d'un livre qui s'intitule *Un appel à l'amour*, dont l'auteur est une religieuse du nom de Sœur Joseph Menandez, ces quelques mots, qui étaient en consonance avec son histoire : « Ce n'est pas pour ce que tu es que je t'ai choisi, mais pour ce que tu n'es pas – J'ai trouvé ainsi où placer ma puissance et mon amour. Ne regarde pas ta petitesse, regarde la puissance de mon cœur. Je te donnerai le courage pour tout ce que je te demanderai de souffrir. »

Grégoire comprenait ce que parler veut dire, quand le Christ demande de prendre sa croix à qui veut le suivre (cf. Mt 10, 38). « Le vieil homme, écrivait-il, doit faire place au nouveau. L'agonie donc est nécessaire, mais c'est une souffrance unie aux souffrances du Christ. Et c'est ainsi que la mort, par la souffrance, apporte la vie, et qu'elle grandit en nous par tous les sacrements reçus dans l'Église, surtout celui du Corps et du Sang du Christ, au cours de la célébration de la messe. »

« À quoi sert une vie de moine ? » – À rien, répondait frère Grégoire, elle sert à Dieu. » Les moines ne désertent pas le monde, ils se tiennent sur ses remparts, commis à la louange, et à ce que frère Christian de Tibhirine appelait “l'invincible espérance”. Tel fut Grégoire avec ces frères qui l'étaient selon le vouloir de Dieu. Ils leur a fallu, à ces moines, un abandon à la volonté de Dieu pour accueillir comme ils le firent à Sainte-Marie du Désert un homme moralement en haillons, dont le Christ seul pouvait refaire un fils premier-né.

Preuve que Dieu est vraiment à l'œuvre dans son Église, comme le croyait frère Grégoire. Plus il avançait en âge, et plus apparaissait en lui cette grâce d'enfance. Dans ce vieil homme que ses jambes ne portaient plus à la fin de sa vie, il y avait une capacité d'émerveillement qui ne trompait pas. Sur la fin de ses jours, dans ce dernier printemps de sa vie, il n'avait pas de plus grand bonheur que d'admirer depuis son fauteuil roulant de jeunes hirondelles sur le point de s'envoler, ou ces fleurs au jardin qui sont chant de la création. Cela ne le changeait pas de la prière des Heures qui se fait d'elle-même célébration de l'univers. Parce qu'elle est blessée, la création est couronnée d'épines, Grégoire qui n'en ignorait rien en fit l'expérience en ses derniers mois. Quand il lui fallait l'assistance et la présence constantes d'un frère infirmier, qui a vécu lui-même ce moment comme un des temps de sa vie qui compte pour toujours. La relation qu'il en fait est à l'image de ce qu'on peut rapporter d'un itinéraire comme celui de frère Grégoire, ce revenant de la mort que le Ressuscité habitait d'une douce présence. Alors qu'il ne pouvait plus dormir dans ces nuits sans sommeil qui sont la part des grands malades, on lui demandait au matin d'une de ses insomnies, ce qu'il avait fait: « J'étais, répondait-il, avec notre Seigneur – Que lui avez-vous dit – Rien du tout, puisque je l'aime ». Que peut confesser de plus fort une existence de croyant quand approche l'heure dernière? On en revient à cette lumière matinale dans laquelle, comme Pierre, on peut dire : « Toi qui sais tout, tu sais bien que je t'aime » (cf. Jn 21, 17).

Le secret de Grégoire c'est tout simplement celui des moines et de tout chrétien qui réalise ce qu'il en est de son état de "racheté". La prière emplissait les jours et les nuits de Grégoire, mais ce n'était pas celle du pharisien satisfait. Publicain, il se savait aimé de Dieu (cf. Lc 18, 9-14). À sa façon, c'était un "fol en Christ" qui n'avait d'autre Nom à professer que celui de son Seigneur. Son patron pour finir était ce saint sans nom qui du haut d'une croix se risquait à dire : « Souviens-toi de moi quand tu seras dans ton paradis » (Lc 23, 42). Celui-là a devancé tous les autres, et c'était un larron !

Chapitre XV

Lumière ultime

Témoignage de frère Robert

Il n'est pas facile pour celui qui accompagne un malade dans les derniers jours de sa maladie – infirmier diplômé ou non, car ici les diplômes ne suffisent pas – de bien saisir l'état d'âme du malade, affronté comme l'on se trouve à des tâches matérielles très exigeantes, très concrètes et qui, comme l'arbre "peuvent cacher la forêt". Il ne faut pas oublier aussi la fatigue accumulée au long du jour et de la nuit qui nous contraint à des limites. Mais si l'expérience se prolonge, comme ces six mois vécus avec frère Grégoire, on peut en déceler quelques signes. Les dernières pages de son"livre de vie", que nous avons écrites ensemble, m'ont plus appris sur lui que les quarante années de compagnonnage dans la vie monastique.

Frère Grégoire n'était pas un raisonneur ni un féru de subtilité, ce qui parfois pouvait le faire paraître un peu rude. Mais lorsqu'il se sentait en communion de pensée, il savait se livrer. Ce qui est sûr, c'est qu'il avait trouvé sa voie et désormais, obstinément, il allait droit son chemin. Pour le violent qu'il fut, ne supportant pas l'injustice, et toujours prêt à "casser la gueule", se voir réduit à une complète dépendance ne dut pas être chose facile ; et puis le tempérament demeure jusqu'au bout. Il y a eu un véritable affrontement entre le corps qui s'accroche à la vie (d'où la place de la nourriture dans le déroulement de la journée, les médicaments scrupuleusement demandés), le poids de la souffrance qui perturbe l'esprit, les notions de lieu et de temps, et cette Vie spirituelle qui paraît si fragile à côté. Pour que cette flamme ne vacille pas, il faut donc qu'elle soit animée par un grand souffle. C'est ce qui m'apparaît le plus impressionnant chez frère Grégoire. Jusqu'au dernier instant de sa vie, alors même qu'il avait du mal à tenir son livre, il poursuivra sa lecture de saint Jean de la Croix, auteur qu'il travaillait depuis 1995, et où il trouvait sa nourriture spirituelle. Les deux pages qu'il me fit photocopier, afin de pouvoir les tenir plus facilement dans sa main, sont un merveilleux condensé de son itinéraire spirituel :

1. "Aller à l'essentiel", titre d'un chapitre de la vie de saint Jean de la Croix, par Dominique Poirot. On y trouve ces lignes : « Jean dit l'essentiel, le meilleur de l'Évangile : "L'union avec Dieu par amour" ».

2. « Car l'amour désormais est mon seul exercice », Cantique spirituel A, page 154.

Au point de départ de ce cheminement spirituel, il y a bien sûr sa conversion à l'Île de Ré, en 1955, expérience qu'il a aimé rappeler tout au long de la Semaine sainte 2002, la revivant au jour le jour puisqu'elle eut lieu le Mercredi saint, et qu'il reçut la communion peu après. Ce fut très rapide, et aussitôt il voulut connaître "ce Dieu qu'il aimait". Il ne cessera ensuite de chanter les Miséricordes du Seigneur, venu le chercher au plus profond de sa misère. Il insistait aussi pour que l'on "n'oublie pas son passé".

Il a pu communier tous les jours, en pleine lucidité. Et, paradoxalement, c'est au moment où la parole lui a été enlevée, que notre écoute mutuelle, notre dialogue, sont devenus plus intenses. Nous partagions la même dévotion pour Thérèse de l'Enfant-Jésus, ce sera notre chance…

Vendredi, 2 août

Je lui pose la question : « Tu aimes Thérèse ? ». Il me répond par un oui énergique. « C'est la femme de ta vie ? (allusion à une poésie qui lui fut offerte) – Oui ».

Il écoute l'office de none et répète par deux fois à la fin : *kyrie eleison*. Je lui demande ensuite : « Tu aimes Jésus ? – Oui ».

19 h 10 : Il n'y a que le cœur pour Jésus.

Samedi, 3 août ; 16 h. : Écoute attentive de diverses poésies de Thérèse : *Vivre d'amour, Pourquoi je t'aime, ô Marie.*

Dimanche, 4 août, de 01 à 02 h., écoute des poésies de Thérèse, ce qui semble le pacifier.

Lundi, 5 août

À 08 h., il accueille l'infirmière, qu'il reconnaît bien, avec un beau sourire, il soulèvera son bras pour lui dire au revoir.

À 12 h., son regard est toujours très beau. Je lui présente la statue de Thérèse, et lui demande s'il l'a connaît. Il ferme les yeux en signe d'approbation. Je lui fais ensuite la lecture de quelques poèmes, et il montre sa satisfaction par des oh… !

Je lui dis ensuite : « Nous sommes deux petits frères en Jésus, merci Jésus ». Il répète : « Merci, Jésus ».

Sur quelques pages du carnet, où il a noté les principales dates de sa vie monastique, on peut lire ceci : « 8 septembre 1963 : Paix et Joie. Il faut de l'amour, toujours plus de l'amour, le reste n'est rien ».

Mardi, 6 août

14 h. : Je lui ai présenté un portrait de Thérèse, il le regarde, puis ferme plusieurs fois les yeux en signe de vénération.

15 h 15 : Comme il est éveillé, je lui donne la communion. Je lui dis « Le cœur de Jésus dans le cœur de Grégoire », et je lui demande s'il est d'accord. « Oh, oui », murmure-t-il. Son visage rayonne de paix.

Mercredi, 7 août

06 h., réveil. La déglutition est difficile. Je lui fais un peu de lecture : *La rose effeuillée*. Lorsque je m'arrête, il m'invite à continuer, par des bruits de gorge.

16 h 30, communion en pleine lucidité.

Je lui ai lu ensuite son témoignage : Rayons de grâces et d'espérance, comment il put se procurer la médaille miraculeuse et celle de Thérèse.

La journée se termine sur une notre très mariale, il écoute le *Salve Regina*.

Jeudi, 8 août

Réveil vers 06 h., après une nuit très calme. La déglutition devient impossible. Je lui donne, à 08 h., la communion, il est très lucide : « Que le Corps du Christ te garde pour la vie éternelle ».

Vers 16 h., je lui fais la lecture du Cantique de Sœur Marie (P.N. 31). Au verset : « Et mon amour suprême, c'est toi, Jésus », il réagit pour dire son assentiment.

Vendredi, 9 août

Vers 09 h 15, communion suivie d'un peu de lecture.

À 14 h., je lui lis la poésie écrite par Isabelle, son amie, à l'occasion de sa fête, le 2 janvier 1992 : *La femme de ta vie*. Je constate à son regard qu'il est atteint.

Samedi, 10 août, saint Laurent

Communion vers 09 h 30 ; la déglutition est de plus en plus difficile. Il suce une gaze imprégnée d'eau glacée. Il reconnaît ceux qui le visitent. À 17 h 30, il répète plusieurs fois à frère Michel : « Amène-moi au réfectoire ».

Dimanche, 11 août

Communion vers 12 h. Après none, je lui lis la lettre de Sr Marie du Sacré-Cœur. Ayant interrompu ma lecture, après avoir lu la page où Thérèse parle de la "science d'amour", qu'elle n'est pas ma surprise d'entendre très distinctement : « Tu peux continuer ».

À 16 h., il demande à voir sa coule. Je l'ai apportée sur son lit.

Après les Vêpres, je lui propose une peu de compote de pommes. Il me dit : « Malheureusement je n'arrive pas à avaler ». Je lui dis : « Plus rien ne marche, il n'y a que le cœur et l'amour ». Il me répond : « Oh, oui ».

Lundi, 12 août

Après une nuit très paisible, je le trouve éveillé vers 08 h. Il peut avaler quelques cuillèrées de café au lait. La journée commence avec Thérèse ; je lui fais un peu de lecture. Au Père Abbé qui lui demande s'il aime Thérèse, si elle est toujours "la femme de sa vie", il répond par un "oui" très clair.

À 18 h 30, je lui fais un peu de lecture qu'il écoute les yeux grands ouverts, et comme j'ai tendance à m'endormir, il me crie : « Debout, aller de l'avant ».

Mardi, 13 août

Réveil vers 06 h. Je l'entends murmurer : *Ave Maria*.

Communion vers 08 h., bien conscient. Il manifeste tout au long de la journée une grande fatigue. Deux moments assez longs où il écoute la lecture que je lui fais, vers 13 h. et à 18 h 30.

Je le quitte à 21 h. après qu'il a embrassé les statues de Thérèse et de la Vierge du sourire.

Mercredi, 14 août

Je le retrouve bien éveillé à 08 h., et il reçoit la communion avec grande joie.

Jeudi, 15 août

À 05 h 45 : « Robert, Robert... Je lui fais un peu de lecture. Il est particulièrement sensible au verset « Et mon amour suprême, c'est Toi, Jésus ».

20 h 30 : « Robert, j'ai mal au coccyx, tu as compris ? – Oui, mais nous venons de t'arranger au lit, il est dommage de te remuer... – Et bien, remue ! »

Vendredi, 16 août

04 h 15 : Je lui donne de la glace. Il me dit : "impeccable". Puis, il me dit : « Je me lève pour aller uriner » Je lui explique que ce n'est pas possible. Comme il me paraît très lucide, je lui propose la communion. Il me dit alors : « Tu n'as pas le droit ». Je lui explique que j'ai la permission du Père Abbé. Il communie, et je lui fais une lecture prolongée des poésies de Thérèse. Je le quitte à 05 h 30.

Samedi, 17 août

Tandis que la communauté commence les Laudes, je lui demande s'il désire communier. Comme il en manifeste le désir, je lui donne une parcelle d'hostie. Il a très soif et me demande à boire dans un verre.

À 08 h., il me rappelle que je lui avais posé la question s'il voulait communier, et je le rassure sur le fait qu'il a bien communié.

12 h. : « Je suis crevé ». Puis, il me demande de lui montrer ses deux blousons, le gris et le noir, ainsi que ses lunettes. Notre entrevue se termine par des éclats de rire au souvenir de sa rencontre d'hier avec l'infirmière à qui nous avons offert une carte postale humoristique.

12 h 30, il demande si on mange au réfectoire.

Dimanche, 18 août

Le trouvant très épuisé, je reste auprès de lui pendant la grand-messe. À 11 h., je lui demande s'il désire recevoir le Corps de Jésus. « Oh, oui ! ».

Lundi, 19 août

À 02 h., il est très lucide et je peux lui donner la communion.

Mardi, 20 août, saint Bernard

À 10 h, il reçoit la communion en pleine lucidité, puis je lui fais un peu de lecture.

Vers 16 h., il reçoit une visite et reconnaît bien ses amis.

Je le quitte à 21 h., après lui avoir présenté les statues de Thérèse et de Marie qu'il embrasse.

Mercredi, 21 août

Communion à 8 h., suivie d'un peu de lecture.

Après les vêpres, nous méditons les mystères joyeux à partir de saint Luc.

Jeudi, 22 août

Lorsque je me rends dans sa chambre à 01 h 30, c'est juste pour accueillir son dernier soupir.

J'avais prévu pour la journée, le début de l'Épître aux Éphésiens : « Béni soit le Dieu et Père de notre Seigneur Jésus-Christ qui nous a bénis... ».

Ne concluait-il pas lui-même un de ses témoignages par ses mots : « Je rends grâce à Dieu sans cesse, au souvenir de mes fautes, de m'avoir arraché à cet enfer du mal ».

Quelques notes sur les derniers mois de maladie de Frère Grégoire

Novembre 2000

Après une chute consécutive à une perte de connaissance, il est conduit à la clinique des Cèdres. Il marche difficilement et se sert (très mal) d'une canne. Rappelons que depuis le 8 novembre 1993, il est porteur d'un stimulateur cardiaque (Pacemaker).

Mai 2001

Les prises de vues à l'occasion de la réalisation de la vidéo nous le montrent avec un visage couvert d'ecchymoses. Il fait de fréquentes chutes dues à ses problèmes de locomotion aggravés par des troubles du comportement. Par exemple, il se lève la nuit, veut s'habiller et on le retrouve gisant sur le parquet. Il se déplace en poussant son fauteuil roulant.

Septembre 2001

Il peut suivre encore la vie de communauté, il utilise désormais un déambulateur et, pour lui faciliter la vie, on le change de place au chœur, au réfectoire et au scriptorium. Il loge à l'infirmerie à la chambre 71, mais il gardera la nostalgie de la chambre 85 qu'il vient de quitter et, dans ses moments de divagation, il exprimera le désir d'y revenir.

Mars 2002

Il est cassé en deux. Il se déplace avec peine jusqu'à son cabinet de toilette (quelques mètres). Il prend ses repas dans la chambre. Le beau temps exceptionnel pour la saison permet de le promener dehors en fauteuil roulant l'après-midi. Moments de lucidité et de troubles alternent, il exige à présent une vigilance continuelle.

Vers le 14 mars, plaies et œdèmes aux jambes, pansements assurés par les infirmières.

Avril 2002

La dernière semaine de mars a été très difficile, et l'on a pu penser que c'était la fin. Une infection urinaire se déclare, on lui supprime un médicament qui peut en être une cause, et il est mis sous perfusion. Il aurait besoin d'oxygène, ses lèvres sont violacées, mais il le refuse. Pour comble, de douloureuses crampes se manifestent la nuit, il appelle fréquemment pour des massages.

Mai 2002

Nouvelle poussée de fièvre et infection pulmonaire, ce sera à présent sa grande fragilité.

Juin/juillet 2002

Il continue à surprendre la médecine par son endurance. Sa tension est très bonne : 13/7, ainsi que son cœur, il reste très agité la nuit et les médicaments n'ont guère d'effet sur son sommeil : agressivité, troubles.

Ses jambes ne le portent plus, mais il profite du beau temps, ne craint pas la chaleur et tient à sa promenade quotidienne, à condition de ne pas dépasser une heure car au-delà de ce temps, la position assise devient très douloureuse. Grand admirateur de la nature, il admire les fleurs, contemple les jeunes hirondelles, me suggère de les prendre en photo, assiste avec joie au début de la moisson du blé.

Depuis un certain temps, son bras droit est ankylosé, et il faut l'aider pour prendre ses repas. Il utilise un chalumeau pour boire. La nuit et le jour semblent inversés pour lui, ce qui est très dur pour l'infirmier.

Samedi, 27 juillet 2002

La journée s'annonce belle. La promenade qui a lieu désormais le matin, pour mieux profiter de la fraîcheur, lui permet de rencontrer quelques hôtes. L'après-midi il prend avec grande joie une douche. Alors que cette journée aurait dû le combler, il nous déroute une fois de plus. Le soir, il manifeste une grande fatigue. Ce sera sa dernière sortie, il ne quittera plus son lit.

Il se déshydrate de plus en plus et, le 30 juillet, il est mis sous perfusion. Comme la déglutition est devenue impossible, il suce un peu de glace, mais il ne peut plus absorber de médicaments. Il se retrouve donc privé de somnifères et d'analgésiques. Pour le soulager de ses douleurs, on lui donne de la morphine. Sa langue est "brûlée", et il ne peut plus parler. Il reconnaît bien ceux qui lui rendent visite, et il écoute avec attention les lectures qu'on lui fait, surtout s'il s'agit de Thérèse de l'Enfant-Jésus.

Août 2002

Conséquence de son amaigrissement et de sa déshydratation, les escarres apparaissent, nécessitant des pansements. Le mercredi, vers 20 h, on peut encore l'asseoir sur le fauteuil pour lui faire sa toilette, refaire son lit, et lui assurer ainsi pour la nuit le meilleur confort possible. Lorsque son infirmer se rend dans sa chambre, le jeudi, à 01 h 30, c'est juste pour recevoir son dernier souffle (22 août 2002).

Annexe I

Homélie pour les funérailles de Frère Grégoire, prononcée par Dom Jean-Marie Couvreur le samedi 24 août 2002

Les textes bibliques retenus pour rendre grâce au Seigneur nous livrent une parole sur notre frère Grégoire. Plus encore, ils nous laissent, me semble-t-il, une parole forte de notre frère bien-aimé, pour nous ses frères mais aussi pour tous ceux, nombreux, qui l'ont connu et aimé, dans la première étape de sa vie, sur son chemin d'homme blessé, et puis, surtout, au cours de sa vie monastique, ici au Désert.

Frère Grégoire fut d'abord un homme de foi profonde. Il ne doutait pas de la présence de Dieu dans sa vie d'homme. Il avait quelque chose de la foi de Pierre, une foi simple, mais qui ne revient jamais en arrière. On pouvait compter sur lui. Ses amis de prison l'ont expérimenté plus d'une fois, même si c'était pour faire un mauvais coup avec eux: jamais il ne reculait une fois qu'il avait promis d'apporter un coup de main. C'est le même homme fort que nous, ses frères, nous avons retrouvé tout au long de sa vie monastique et surtout ces derniers temps, alors qu'il attendait la grande rencontre avec son Seigneur et son Dieu. « Je sais, moi, que mon libérateur est vivant, et qu'à la fin, il se dressera sur la poussière des morts ; avec mon corps, je me tiendrai debout, et de mes yeux de chair, je verrai Dieu. » Grégoire était du calibre de Job : la pire des épreuves ne l'a jamais fait tomber dans la désespérance. À coup sûr, il nous redit, aujourd'hui : « Oui, moi-même, je verrai Dieu, et quand mes yeux le regarderont, il ne se détournera pas ! » Le témoignage de cet homme qui n'avait rien d'un enfant de chœur peut nous entraîner dans cette même force tranquille. Avec lui, nous pouvons reprendre le psaume XXVI (27) que nous avons chanté : « Le Seigneur est ma lumière et mon salut, de qui aurais-je peur ? ... devant qui tremblerais-je ? »

Oui, frère Grégoire était bien un homme de foi profonde, mais il était, en même temps, un homme, vraiment homme et bien de notre temps ! "Il avait vécu", comme on dit. C'est là une chose bien connue aujourd'hui, de la plupart des hommes et des femmes qui l'ont rencontré, surtout depuis qu'il avait été hôtelier de notre abbaye.

Il ne craignait plus de raconter les frasques de la première étape de sa vie. Il était aussi du calibre de celui que l'évangile nous présente comme le "bon larron". Jamais, lui non plus, n'a renié son passé. Il était prêt, comme il disait, "à casser la gueule" de quiconque ne respectait pas la justice. C'était vrai quand il s'agissait d'une injustice envers lui mais ce l'était tout autant s'il s'agissait d'un autre. Les paroles du bon larron à l'autre malfaiteur cloué lui aussi sur une croix, aux côtés de Jésus, vont bien aussi dans la bouche de notre Grégoire : « Tu n'as donc aucune crainte de Dieu ! Tu es pourtant un condamné toi aussi ! Et puis pour nous, c'est juste : après ce que nous avons fait, nous avons ce que nous méritons. Mais lui, il n'a rien fait de mal » (cf. Lc 23, 40-41). Ce blessé de la vie se révoltait contre toutes les injustices, celles du monde carcéral qu'il avait bien connu comme de toutes celles dont il entendait parler alors qu'il vivait sa vie de moine.

Mais ce blessé de la vie a été capable, avec la grâce de Dieu, d'un changement radical, d'une conversion sans retour !

C'est ici que nous découvrons le vrai Grégoire, cet homme fort devenant un petit enfant, selon l'Évangile (cf. Lc 9, 48) et à la manière de celle qu'il aimait appeler "la femme de sa vie", Thérèse de l'Enfant-Jésus ! Ce dur cachait un cœur d'enfant qu'il a pu traduire à ses frères de vie, mais aussi et surtout, si je peux dire, à tous les petits, les pauvres, les blessés de la vie de notre époque. Oui, Frère Grégoire a pu exprimer une authentique tendresse et une vraie bonté d'homme. Le Seigneur l'avait comblé d'un physique et surtout d'un regard avec des yeux bleus capables de séduire, au mauvais sens du mot, mais ces dons naturels de séduction étaient devenus, chez lui, des instruments d'amour du Seigneur Jésus ! Notre frère a souvent raconté son chemin de Damas. Je le laisse nous redire lui-même ce tournant dans sa vie, alors qu'il était au "mitard", comme il aimait l'appeler, dans un isolement complet : « … un matin, au réveil, surprise… une voix me parle, à l'intérieur de moi, dans mon cœur. Elle me reproche ma vie de débauche, moi qui étais pour la justice et contre l'injustice ; cette voix me reprochait ce que j'avais fait… Cela a duré plusieurs jours. J'en avais assez, mais je ne voulais pas reconnaître la vérité… Un matin, vaincu par ce combat de Jacob, je suis tombé à genoux comme si une force intérieure m'avait poussé à me mettre à genoux et les prières de mon enfance ont jailli de mon cœur. J'ai récité par cœur le *Notre Père* et le *Je vous salue Marie*!

Et il continue encore en disant: « Les larmes coulaient d'elles-mêmes et j'ai reconnu que ce que j'avais fait était mauvais. Alors, toutes les paroles de reproches ont aussitôt fait place à une grande paix intérieure, et une force sensible m'a envahi. Une joie et une présence sensibles de Dieu qui ont duré quatre ans. Et je me suis écrié: "Mon Dieu, je Te donne ma vie! Que ce soit comme tu le voudras!" ».

Ces lignes, frère Grégoire les écrivait, il y a cinq ans. Il précisait: « Cela fait quarante ans que cela dure, et je ne regrette rien. Dieu m'a fait un beau cadeau ». Et pour expliquer ce qu'était sa vie de moine, il disait encore: « par-dessus tout, cette vie est une rencontre avec le Christ, personne vivante... La vie chrétienne est une rencontre avec Jésus, personne vivante... C'est pourquoi, je suis heureux! ».

Je pourrais prolonger ces citations! Ce n'est pas le lieu ni le moment! Je voulais seulement laisser entrevoir quelque chose des merveilles de Dieu dans la vie de notre frère Grégoire.

Surtout n'allez pas croire que tout fut calme dans sa vie, une fois sa conversion opérée! On a retrouvé, jusqu'à la fin de sa vie, un homme qui pouvait laisser apparaître son tempérament fort et autoritaire. Ceux qui ont travaillé ou collaboré avec lui pourraient, mieux que moi, vous le redire. Dans la vie chrétienne, le combat se poursuit jusqu'au bout. En fin de course pourtant, toute la beauté spirituelle de Grégoire prenait le dessus! On eût dit qu'il était déjà en Dieu, qu'il le voyait avec les yeux de son cœur. Il sentait bien que le Seigneur lui reprenait tout, ses jambes, ses bras! Peu à peu tout son corps se paralysait: il était en totale dépendance, il fallait tout lui faire! Seuls ses yeux sont restés vivants et brillants jusqu'au bout ! Il vibrait quand son cher infirmier, frère Robert, lui lisait des morceaux choisis de sa petite sœur, "la femme de sa vie", Thérèse de l'Enfant-Jésus ! Désormais, le Seigneur pouvait le reprendre, l'introduire dans son Royaume, peuplé avant tout de "larrons" comme lui ! Petit signe de la tendresse de Dieu et de sa mère Marie : notre frère s'est éteint doucement, comme une bougie entièrement consumée, le matin du 22 août, en la fête de Marie Reine ! Il ne suffisait pas que Jésus soit là pour le faire entrer dans son Royaume, il fallait Marie, la Reine des Cieux ! De plus, c'était le 24 août 1958 que frère Grégoire commençait son noviciat !

Grégoire, j'ai envie de te demander, comme tu le fis à ton Seigneur, que maintenant, toi aussi, à ton tour, tu te souviennes de nous dans le Royaume, et que tu nous entraînes à la suite de Jésus ! Fais de nous des hommes et des femmes, fiers d'être pleinement hommes et femmes ! Transmets-nous le secret de ta foi profonde et de ton grand amour pour le Seigneur, et pour tous les hommes et femmes que le Seigneur place sur nos routes ! Que tous et chacun, nous soyons des hommes et des femmes heureux, rayonnant de la rencontre avec leur Seigneur, Jésus, sûrs de la Miséricorde de Dieu ! Amen !

Annexe II

Lettre de frère Robert, son infirmier, le 26 août 2002

À mon frère Grégoire,

Me voici au repos pour quelques jours. Ce temps exceptionnel qui m'est offert ne m'est pas dû, de même que je ne suis pas ici pour faire du tourisme. C'est un réel besoin de repos qui m'a conduit ici. Malgré cela, je ne peux m'empêcher de voir dans la facilité avec laquelle ce projet s'est réalisé, une marque de ta bienveillance à mon égard. J'étais sûr que tu te souviendrais.

Lorsque le Père Abbé m'a demandé de me mettre à ton service, ce 1er mars 2002, c'est par obéissance que j'ai accepté, sachant aussi que l'obéissance donne la grâce nécessaire pour agir. Cela ne m'a pas empêché de venir à toi avec toutes mes limites dont je n'étais pas conscient avant, de sorte que l'Hymne à la charité de saint Paul (cf. 1 Co 12, 31-13, 13) m'a souvent fourni matière à réflexion. Je te demande encore pardon pour mes incompréhensions et mes réactions colériques. Bien sûr, tu n'as pas été toujours facile, mais, dans les épreuves que tu as connues, tu restes bien excusable. Mais j'ose dire que cela est bien secondaire à côté de ce que nous avons vécu durant ces six mois passés ensemble, et surtout en tes derniers jours. Car si nous avons fait réciproquement l'expérience de nos fragilités, il y eut ces moments inoubliables de communion fraternelle. Souviens-toi de tes communions : Toi, si meurtri dans ton corps, n'ayant que tes yeux pour t'exprimer, et moi si démuni pour te soulager. J'en ai souvent pleuré. Je n'avais en mes mains que cette parcelle d'hostie à te donner, et à partager avec toi. Ce cœur de Jésus qui allait nourrir le cœur de Grégoire pour ne faire plus qu'un. Je pense que dans ces instants privilégiés, nous avons touché Dieu. C'est pourquoi ton départ m'a blessé. Je n'ai pas pu t'expliquer, mais, aujourd'hui, tu peux comprendre cette présence de pétales de roses au fond de ta fosse… oui, nous l'avions tellement méditée, et même chantée la poésie de Thérèse : *La rose effeuillée.* Je veux en m'effeuillant te prouver que je t'aime. Thérèse avait bien dit, c'est ce que tu as fait. J'ai aussi emporté ton livre : *Un appel à l'amour.* Je vais recopier les passages que tu as toi-même soulignés. Puissent-ils m'apprendre à aimer. Ne m'oublie pas.

Ton petit frère Robert (sur la terre, en exil)

Annexe III

Visage de la communauté de l'abbaye de Sainte-Marie du Désert à l'arrivée de Jean Bernier :

– Arrivée le 9 mai 1957 ;

– Prise d'habit d'oblat le dimanche 9 juin 1957.

Effectif de la communauté :

Dom Joseph-Marie, Abbé émérite, retiré à l'infirmerie

Dom Jean de la Croix, Abbé

P. Albert † 1959

P. Alberic, infirmerie †1957

P. Bernard Rebeyrol, infirmerie, †1958

P. Étienne †1966

P. Félix †1967

P. Augustin †1978

P. Norbert †1983

P. Louis-Marie †1985

P. Alexis (étudiant à Sept-Fons) †1991

P. Gabriel †1991

P. Adolphe

P. Guy

P. Benoît

P. Roland
P. Henri (étudiant)
P. Pierre (étudiant)
P. Bernard Chevrier (Cîteaux, Père Maître des novices)
P. Pie et P. Éloi?
Fr. Marc, novice
P. Bernard Dellac †1997

Chez les Frères Convers:
Frères
Léopold †1961
Félix †1964
Jean-Marie †1965
Simon †1975
Léon †1986
Odon †1990
Edmond †2001
Jean
François
François-Régis, hôtes/cuisine
André

Économie:
Avant tout agricole.
le 30 juillet: moisson, récolte énorme de blé, grand esprit d'équipe dans le travail.
– Vendanges
– Ramassage du maïs
– Fumier à épandre dans les champs
– Création d'un poulailler

Dans le cadre de la formation :
P. Loew
P. Épagneul
Mgr de Solages (??)
Me Brissé St Macary
donnent des conférences à la communauté.

Lorsque, le 24 août 1958, frère Grégoire prendra l'habit de novice convers, il se retrouvera seul au noviciat avec un Père Maître qui ne manque pas de caractère ni d'originalité. Deux fortes personnalités vont s'affronter.

La communauté n'est pas nombreuse, surtout les frères convers, et en l'espace de dix ans (1957-1967), il y aura huit décès.

Le manque de vocations se fait sentir, et, en février 1958, on peut lire dans le diaire : « Une des intentions de cette année mariale sera d'obtenir de Notre-Dame, par l'intermédiaire du P. Joseph Cassant, quelques solides vocations, surtout pour les frères convers. Il est décidé que, dans ce but, une sorte de garde d'honneur sera montée auprès de la Sainte Vierge. Frère Grégoire est désigné pour la journée de vendredi. »

Table des matières

Pour être informé des publications des Éditions Parole et Silence et recevoir notre catalogue, envoyez-nous vos coordonnées à :

Éditions Parole et Silence
60, rue de Rome
F- 75008 Paris

ou

Le Muveran
CH - 1888 Les Plans

paroleetsilence@omedia.ch

--------------✂--

Nom :...
Prénom :..
Adresse :...
....
Code postal : ....
Ville : ....
E-mail :..
Téléphone :...
Fax :...

Je souhaite être informé(e) des publications des Editions Parole et Silence.

Composition et mise en pages réalisées par
Jacques Motllo - 66 - St-Marie-la-Mer

Achevé d'imprimer enseptembre 2004
sur les presses numériques de Bookpole
BP 12 - ZI route d'Étampes - 45330 Malesherbes
http://www.imprimerie-bookpole.com
N° d'impression : I04/04447C

Imprimé en France